AF344894

Meat Me

Thomas Reich

Prolog

Die Jacht

Im zwanzigsten Jahrhundert wurden die meisten Meilensteine der sexuellen Revolution gelegt. In den sechziger Jahren kämpften die Hippies für die freie Liebe. In Wahrheit galt diese Freiheit nur für die Männer, die Frauen spreizten ihre Schenkel um nicht als spießig zu gelten. Weiterhin wurden sie ausgenutzt. Der kommunistische Gedanke der Sexualität wurde in den achtziger Jahren vom Egoismus abgelöst. Die Promiskuitätsrate stieg ins Unermessliche, gleichzeitig wurde der Gedanke der Selbstverwirklichung der Hippies ad absurdum getrieben. Die Jungen interpretieren die Werte ihrer Alten, formen etwas Neues daraus. Nicht immer mit gutem Ergebnis. Das Aufkommen von Aids konnte diese Entwicklung nicht aufhalten, nur verlangsamen. Wie einst die Entwicklung der Antibabypille, boten Kondome ungeahnte sexuelle Freiheiten. Kurz gesagt- es wurde weitergevögelt auf Teufel komm raus. Niemand hatte etwas dazugelernt. In den neunziger Jahren konnte der Leistungsdruck der modernen Gesellschaft endlich auch sexuell greifen. Gnadenlos wurden die Menschen durch die Medien aufgestachelt, was nackt = Tatsache, ansonsten Zweifel der Glaubwürdigkeit oder gar der Seriosität (!). Werbung ist Fleischbeschau wie am Metzgertresen, klar die Botschaft: Sex sells- mit Sex kommt man weiter! Überall! Wie verprostituieren uns, indem wir sexuell überzeugen wollen. Tiefer Ausschnitt statt Kompetenz.
Ganze Wirtschaftszweige leben davon! Zweideutigkeit = die letzte Hoffnung, da sie immerhin eine andere, nicht sexuelle Deutung beinhaltet. Eine neue Bewegung kam auf: die Swingerclubs. Kommt ihnen daran etwas bekannt vor? Nein? Dann denken sie an das Leben in den Kommunen, wo der Körper Allgemeingut war. Wie gesagt, Fehler sind dazu da, um wieder gemacht zu werden. In den zwanziger Jahren des neuen Jahrtausends lief sich diese Bewegung allerdings tot.
Prostitution gibt es seit der ersten Erektion. Nein, später: seit die Steinzeitmenschen mit dem Tauschhandel anfingen, und es möglich wurde, ein Ziegen- gegen ein Bärenfell zu tauschen. Schon die alten Römer kauften sich

Freudenmädchen und Lustknaben, um sich ihr Leben für wenige Stunden versüßen zu lassen. Traditionell war die käufliche Liebe jedoch auf die männlichen Interessen ausgerichtet. Dieses sollte sich jedoch ändern.
Dem Streben der Frau nach Gleichberechtigung folgten die ersten Callboys. Ein Hoch auf die freie Marktwirtschaft, das Angebot regelte die Nachfrage. Die ersten Männerbordelle mussten wegen mangelnder Nachfrage schließen. Heute lächeln wir darüber, ist es doch längst allgegenwärtige Realität geworden. Neben jedem traditionellen Puff steht ein Männerbordell. Wir leben in der Konsumgesellschaft. Das gilt für uns alle. Auf der Strecke bleiben die Menschen, die nichts zu verkaufen haben als ihren Körper. Wegwerfprodukte. Wie Einmalfeuerzeuge und Rasierer. Fühlst du dich emotional leer, kannst du dir ein paar Träume kaufen.

*

Verlassen wir das Terrain der Philosophie. Folgen sie mir Richtung Caracas. Unter uns sirren die Lichter der Metropole vorbei, Gegensätze zwischen Arm und Reich. Vorbei am stinkenden Hafenbecken, wo Equad Plastics ihre Abwässer abführt. Die See ist ruhig, über uns nur der südamerikanische Nachthimmel. Die ersten Buglichter sind sichtbar. Der Größe nach dürfte es wohl die Geschäftsjacht des Modedesigners ELO sein, die da vor Anker liegt. Haben sie die Möwenschreie gehört? Wir befinden uns unweit der Küste. Auf dem Promenadendeck ist ein Laufsteg aufgebaut. Die Models, die darauf marschieren, führen die Wintermode 2043 vor. Sie schwitzen in den langen Mänteln, salzige Perlen verklumpen das hautfarbene Puder. Was von der Fassade bröckelt, wird unter ihren Schuhspitzen zertreten. Der Laufsteg wird mehr und mehr zu einer hellbraunen Schmierspur. Eleganz hinterlässt ihre Spuren. Die Damen der feinen Gesellschaft in den ersten Rängen, erkennbar an ihren beigefarbenen Hüten mit ausufernder Krempe, fächelten sich frische Luft zu. Trotz der leichten Seebrise war es verhältnismäßig schwül. Ein erlesenes Buffet säumte die Treppe, Stewards reichten silberne Platten mit Häppchen herum. Greifen sie ruhig zu, es ist Thunfisch-Rukola auf Frischkäse-Brot.

Der Champagner hatte die eine oder andere Zunge gelockert.

„Seine neue Kollektion zeigt fast nur Naturmaterialien.“

„Bestimmt aus Kostengründen. Rohöl als Grundlage für Synthetik ist vollkommen überteuert. Die Rückgewinnungsverfahren aus Kunststoff sind noch lange nicht massentauglich.“

„Die Zeit wird kommen, die Wissenschaftler arbeiten daran. Noch ein, zwei Jahre und der rückgewonnene Rohstoff ist billiger als das Öl aus den Bohrinseln.“

„Bis dahin werden wir ewig dieses langweilige Leinen tragen. Wie kann man nur Fasern mögen, die nicht künstlich hergestellt wurden? Gerade die Technik hat die Fehler ausgemerzt, die uns in der freien Natur blühen!“

„Meine Liebe, wie recht Sie doch haben.“

*

Claudio lehnte mit dem Rücken gegen das kühle Metall der Schiffswand. Er macht sich keine Sorgen, dass der Rücken seines weißen Smokings verschmutzen würde. Er war aus exklusivem Nylon gefertigt. Ein Geschenk des Gastgebers, des werten Senhor Elo, der sich gerne hinter den Großbuchstaben seines Unternehmens versteckte.

Er strahlte richtig in seinen neuen Anziehsachen, die perfekte Dekoration für dieses Event, was Senhor Elo die letzten Wochen soviel Schweiß und Anstrengung gekostet hatte (nicht zu reden von dem Schweiß und der Arbeit seiner Sekretärinnen). Dennoch zierte ein melancholischer Zug Claudios Stirn. Er blickte zu den Sternen, die wie Scheinwerfer wirkten, nur sehr weit weg. Zum Glück schlug kein Musiker auf dem Boot in die Klaviertasten. Magenflüssigkeit, stechend und bitter, stieg ihm die Kehle hoch. Daran war nur dieser gottverdammte Champagner schuld! Elo sonnte sich großspurig im Kreise seiner Gönnerschaft und Zaungäste. Claudio würde ihn später in seine Suite unter Deck begleiten. Das war Bestandteil seines Vertrages. Kein Mensch durfte von den Neigungen Elos

erfahren. Schon gar nicht die Presseleute. Der Katholizismus
war in diesen Breiten auf dem Vormarsch. Diskretion gehörte
zu seinem Berufsethos. Elo winkte ihm zu, er löste sich von
der Wand. Die Arbeit rief.

*

„Was für einen schönen Körper du hast. So glatt und
makellos. Komm rüber zu mir.“
Elo klopfte mit der rechten Hand auf die Matratze des runden
Bettes. Claudio sah zur Decke hoch, wo ein riesengroßer
Spiegel eine weitere Version des nackten alten Mannes zeigte.
Aus diesem Blickwinkel wirkte sein Bauch riesig,
walfischartig. Claudios Geist floh in den Spiegel, während
seiner Hände über die faltige Haut wanderten. Er massierte
ihn, bis alle Muskeln gelockert waren. Der Mann unter ihm
stieß ein wohliges Grunzen aus. Dann weiter hinab, bis sich
dessen Glied aufrichtete. Claudio dachte an Brüste und
Mösen, alles was ihm half, sein Arbeitsgerät auf Position zu
bringen. Als es ihm gelungen war, stülpte er sich ein Kondom
über, welches er nach kurzem Stöbern in seiner Hosentasche
gefunden hatte. Er drückte einen Klecks Gleitcreme auf seine
Schwanzspitze und schob sich in Elo.

*

Den nächsten Tag hatte Claudio frei. Er duschte ausgiebig, um
den widerlichen Geschmack der letzten Nacht von seinem
Körper zu spülen. Im Visionmaster lief irgendeine spanische
Soap, er sah nicht fern, brachte es aber nicht fertig, die Kiste
einfach auszulassen. Ein ausgeschalteter Visionmaster hieß
den Kontakt mit der Welt abzubrechen. Nach seiner Fasson
gab es mehrere Welten zu bestehen, die Rolle des
Luxusobjektes, welches Begehren hervorrief und stillte. Die
Rolle des Casanovas, wie ihn die meisten Menschen sahen.
Der charismatische Lebemann, der immer den richtigen Wein
auswählte und einer Frau in jeder ihm noch so unbekannten
Stadt die schönsten Plätze zu zeigen vermochte. Dann gab es
da noch die Privatperson, einen Teil seiner Seele, den er nur

10

wenigen Auserwählten offenbarte. Die wahre Kunst lag darin, den Spagat dazwischen zu wagen.

Im Taxi Richtung New Palenque Strada gab er nach außen hin den erfahrenen Lebemann, freute sich aber wie ein kleiner Junge darauf, am Strand Muscheln zu sammeln. Wie es einst mit seinen Eltern, die Sonntagsausflüge an die Ufer der Elbe. Die Muscheln, die er dort aufsammelte, waren bedeutungslos im Vergleich zu den Exemplaren, die er im Laufe der Jahre an Stränden in Spanien, Südafrika oder Griechenland gefunden hatte. Zu New Palenque hatte er keine geistige Nähe fühlen können, er war zum ersten Mal hier und würde noch an diesem Abend wieder abfliegen. Wolkenmassen zogen über den Horizont, er würde vor dem Regen in der venezuelischen Metropole davonfliegen (um zuhause vom Hamburger Pisswetter begrüßt zu werden).

Der Sand war trocken, fast mehlig. Die Spitzen und Seiten seiner Mokassins verfärbten sich. Also zog er Schuhe und Socken aus. Er wusste ja, Socken und Mokassins gehörten nicht zusammen, aber was sollte er gegen seine kulturelle Prägung tun? Er bemühte sich nach Kräften, cosmopolit zu wirken, konnte allerdings den Deutschen nicht ganz verbergen. Ein Gentleman sollte keine nackten Füße zeigen. Zudem war es schlichthin praktisch. Er füllte eine Plastiktasche mit der Aufschrift der Hotelboutique mit Fächerformen, Spatenformen und rundlichen, gedrehten Gebilden, bis er voll von Glückseligkeit war.

In einem Straßenimbiss genehmigte er sich ein landestypisches Reisgericht. Den Namen konnte er nicht aussprechen, aber es schmeckte köstlich. Er hatte Lust auf einen Tee, war sich aber unsicher bezüglich der hygienischen Verhältnisse. Sein Schweiß lief schneller, als er ihn durch Icetea ersetzen konnte. Noch vier Stunden bis zu seinem Flieger. Die Sonne brannte heiß auf die Bürgersteige, Straßenköter schnüffelten mit ihren Schnauzen, immer auf der Suche nach etwas Essbarem. Ganze Heerscharen der abgemagerten Tiere lungerten um die Mülltonnen des Imbiss herum. Claudio sah sie, nebenan in der Seitenstraße. Der Appetit war ihm grundsätzlich vergangen, er zahlte und ließ eine nur halb aufgegessene Portion zurück. Zwei Blocks weiter kaufte er sich in einem kleinen Laden ein neues Paar rahmengenähter Schuhe. In Europa wären sie nicht bezahlbar gewesen. Hier kosteten sie nur einen Bruchteil. Das nächste Taxi brachte ihn zum Hotel zurück, wo er seinen Koffer packte. Eine Limousine brachte ihn zum Airport. Marlas Limousine. Dieses Miststück hatte Verbindungen in allen Herren Länder.

Im Flieger konnte er abschalten. Er lehnte die Bordverpflegung ab, sprach nur auf Martini an. Über dem Atlantik war er beschwipst. Bis Paris schändlich besoffen. In Hamburg würde eine weitere Limousine warten, die ihn zu seinem Appartement bringen würde.

Kapitel 1

Der Sturz

Du warst unser Idol, du warst unser Gott. Das leere Seufzen von Michelle in den Weiden. *Doch jetzt bist du in Gefahr. Wir haben sie gesehen, die ihre Krallen nach dir ausfahren. Die von uns, die dich immer noch mögen, haben sie abgewehrt. Aber wir können nicht immer da sein. Das nächste Mal...*Michelles Stimme klang traurig. Sie kam aus dem Nichts und doch war sie für Claudio so real, als hätte sie neben ihm gestanden. Die Geister der Vergangenheit. Seit Jahren hatte er sie nicht gesehen. Umso mehr irritierte es ihn, dass gerade sie die Warnung ausgesprochen hatte. Was hatte sie mit der Sache zu tun und welche Form trug die Gefahr? Wer wollte ihm Übles und warum?
Schweißgebadet wachte er auf. Die Bettdecke lag zusammengeknüllt in der Ecke des geräumigen Bettes. Grelles Sonnenlicht hatte sich eingeschlichen während er schlief. Aber deswegen waren seine Laken nicht nass. Nicht die Hitze, nein… die Kälte, die er im Traum gespürt hatte. Was er roch war seine eigene Angst. Ein sehr unmännlicher Geruch, der nicht zu ihm passte. Manchmal, in südamerikanischen Städten, lag die Meeresbrandung wie salziger Nebel über der Nacht. Die alten Fischer sagten, es seien die Tränen der Einsamen, die sich in den Schlaf weinten. Als er sich aufsetzte und durch die Haare strich, pochten seine Schläfen augenblicklich. Na Klasse, das konnte vielleicht ein Tag werden.
Während er in der Küche stand und sich ein Glas Eiswasser genehmigt, klingelte das Telefon. Im Display eingehender Anrufe blinkte in grünen Lettern der Schriftzug der Agentur. Der Videomonitor strahlte ein monotones Rauschen aus. Normalerweise hätte er das Bild der anrufenden Person übertragen sollen. Er würde dem Störungsdienst Bescheid geben müssen. Trotzdem wusste er, wer ihn anrief.
„Hi Marla."
„Morgen Großer. Gut geschlafen?"
„Geht so. Sag was anliegt, meine Zeit ist teuer."
„Oh. Sind wir heute ein Morgenmuffel?"
Sie kicherte.

„Eine Geschäftsfrau um halb sieben. Zieh dir einen Anzug an und hol sie ab. Essen im *New China* in der City. Ich glaube ihr beide hattet schon einmal das Vergnügen. Eine Elisabeth Bassige, wirf mal einen Blick in deinen Organizer. Falls ich mich irre, kannst du mir kurz eine Email schicken und ich suche dir ihre Adresse raus."

„Nein Danke, die müsste ich haben."

Ohne ihre Antwort abzuwarten legte er auf. Es war nie gut, sich länger als nötig mit Marla zu unterhalten. Sie war ein hinterfotziges Biest. Ob Mann oder Frau, das Geschlecht spielte bei Menschen ihres Schlages keine Rolle. Sie war ein Zuhälter und er eines ihrer besten Pferde im Stall.

Er war gut und international bekannt. Unter all den Nobelcallboys erzielte er den höchsten Preis, und das wusste er. Er konnte die Preise diktieren und nicht umgekehrt. Er könnte frei sein. Wie oft hatte er daran gedacht, die Agentur hinter sich zu lassen. Selbständig zu arbeiten. Ohne Marla. Die Bequemlichkeit hatte ihn immer wieder eingeholt. Die Agentur knüpfe die Kontakte, schloss die Verbindungen. Er war am Ende der Stein, für den Das Loch ausgehoben wurde.

Claudios Vorteil war sein perfekter Körper. Glatt wie die Kunststoffhülle

einer Schaufensterpuppe. Genauso anonym und einsam. Er hatte ihn zur Projektionsfläche aller sexuellen Wünsche und des Verlangens gemacht. Wenn er sich bewegte, dann mit der Anmut eines schwarzen Panthers. Sein Anblick löste bei den Frauen, egal ob jung oder alt, eine wohlige Gänsehaut aus. Oft wurde er angebaggert, auch von Männern. In den Zeiten der Liberalisierung genierten sich die heutigen Schwulen kein Stück.

Ein paar Klimmzüge brachten seinen Kreislauf wieder in Schwung. Er wischte sich den Schweiß vom Körper. In der Küche setzte er eine Tasse Lipton auf und entkernte einen Apfel. Am großen Küchentisch aus Hartacryl verzehrte er mit Muße sein Frühstück. Er griff zur Fernbedienung um den Visionmaster einzuschalten. In jedem Raum der Suite bestand eine Wand komplett aus einem Visionmaster, teilweise Maßanfertigungen. Er war hungrig nach Bildern. Seine Seele dürstete danach. Ihm war es egal, warum. Solange ihn die bunten Bilder beruhigten.

Die Nachrichten brachten einen Regierungsputsch in Pakistan. Fehlgeleitete Fundamentalisten, die in Guadalumpur erst ein Wohnhaus gesprengt und dann die Innenstadt mit Autobomben in ein Meer der Verwüstung verwandelt hatten. Es war eine grausame Welt. Der Tod des bekannten Models Michelle Myers. Claudio setzte sich ruckartig in seinem Stuhl auf.

„...stürzte sie Samstagabend von der Terrasse ihrer Suite im Hiltitowers. Die Polizei von New Palenque vermutet Selbstmord, wofür die in ihrem Hotelzimmer gefundenen...“

In einem weißen Nachtkleid würde sie die Balkontür geöffnet haben. Aus dem Augenwinkel eine Träne vergossen, Stockwerke fallend als feuchten Vorboten. Ein Biegen ihres grazilen Körpers nach vorne, der Winkel zur Brüstung immer spitzer werdend, bis die Schwerkraft sie mitriss, mehrfacher Looping in der Fahrstuhlluft, bis sie schließlich das Dach einer geparkten Luxuskarosse eindellte. Ihr Todesruf: die Hupe, aufgrund des technischen Defekts nicht mehr so einfach abzustellen.

Ihre Warnung hallte in seinen Gehirnwindungen nach. Michelle hatte die telekinetische Pistole abgedrückt, während er zwei Blocks weiter im New Palenque Plaza friedlich schlummerte. Oder ihre Stimme kam bereits aus dem Totenreich. Claudio war entsetzt. Er bezweifelte ihren freiwilligen Tod. Verdammt, sie war ein wenig kaputt gewesen unter der bröckelnden Maske der High Society, aber der Sprung von einem hohen Gebäude wäre einfach nicht ihr Stil gewesen. Rasierklingen oder Schlaftabletten hätten besser zu ihr gepasst. Nicht der Köpfer vom Zehner. Von ihm hatte sie die Krallen der Böswilligen abwehren können bevor sie sie packten und über die Brüstung schmissen. Das war kein Unfall, keine freie Entscheidung Michelles. Und wenn sie Recht behielt, könnte er der Nächste sein. Nein, das war kein guter Tag.

Er fuhr in die City zum Einkaufen. Flanierte die Konsumtempel, shoppte orientierungslos von links nach rechts. Von oben nach unten. Sah nicht wirklich, was er in den

16

Warenkorb schmiss. Kaufte, bis seine Kreditkarte ächzte und die Brandung in seinem Kopf nicht mehr rauschte. Kaufhausbimbos trugen ihm die Papiertaschen zum Auto. Mittags aß er ein exklusives Mahl in der „St.Pauli-Kombüse". Das Schweinefilet schmeckte nach Nichts, wie seine Gedanken. Er saß mit dem Rücken zu den anderen Gästen und starrte auf die weiße Wand. Wäre sie nicht dagewesen, er hätte nicht gewusst, worauf seinen brechenden Blick lenken. Ein Tod machte noch keine Vergangenheit. Wie war es denn wirklich gewesen damals, als er auf Michelle traf?

*

Claudio hatte gewisse gesellschaftliche Verbindungen. Mit Rikos Hilfe war er an Eintrittskarten gekommen für das Jahrestreffen der New faces-Modelagentur in Hamburg. Er hatte die Chance gewittert, aus der Escortbranche herauszukommen. Mit seinem Gesicht lag ihm die ganze westliche Welt zu Füßen. Als Michelle den Raum betrat, unterhielt er sich mit Schirrmayer, einem alternden Lebemann und Seniorchef von New faces. Die kleine Meerjungfrau im Ballkleid, der jeder Schritt dabei schmerzte wie tausend Messer. Sie stakste zum Buffet, ihre Augen sprühten von einer Lebendigkeit, wie sie nur gutes Kokain hervorrufen konnte. Claudio bemerkte seinen eigenen Hunger. Er stand auf, griff sich einen der bizarren quadratischen Teller (Designaward Germany 2029) und stellte sich in die Reihe der Frackschoßträger ein. Wenn er mit ihr in Kontakt kommen wollte, musste sie etwas verbinden, und wenn es für den Augenblick nur die Tatsache war, dass sie beide aßen. Es war ein Stehbuffet, wo kleine Gruppen beieinander standen und angeregt über Großstädte diskutierten.
Claudio stellte sich zu Michelle und klinkte sich mit ein paar lockeren Worten ein.
„Gefällt dir Hamburg?"
„Sie nennen es die goldene Stadt. Von vielen ersehnt, von wenigen erreicht. Wir leben unter der Gunst der Neonröhren. Rote Lichter, schnelle Leben, Trallera."
„Ich bin hier geboren und aufgewachsen."

„Was arbeitest du denn so?"

Claudio zögerte. Die Zeit für die Wahrheit musste sich hinten anstellen. Die Zeit des Werbens genoss eindeutig Vorrang.

„Ich bin Schauspieler."

Flüssig rutschten ihm die Lügen über die Lippen. Erst schlitterte er noch, dann verlor er jeden Halt unter den Füßen. Ihre Augen waren ein tiefer Grund, auf den es ihn hinunterzog. Erstaunlich, wie schnell man seine Chancen verspielen konnte. Wie schwer eine kleine Notlüge später zurückzunehmen war, wenn Liebe mit ins Spiel kam.

„Ach wirklich? In welchem Film hast du mitgespielt?"

„Och, nichts von Welt. Ich stehe am Anfang meiner Karriere. Eine kleine Produktion hier, eine kleine dort."

„Erfüllt es dich?"

„Und du, führst du ein zufriedenes Leben?"

Sie war zu zugedröhnt, um sein Ablenkmanöver zu bemerken. Mein Gott, ihre Festung war spielend leicht einzunehmen, aber wer wollte die Partisanenkämpfe im Innenhof aufnehmen?

Michelle schniefte, als wollte sie beweisen, dass sie es über beide Nasenlöcher hinaus war. Über die Teller hinweggebeugt küsste Claudio sie auf die Stirn. Gebratener Fisch mischte sich mit dem Zigarettengeruch ihrer Haare. Sie war einsam und unglücklich, zu schnell gerannt um es zu erkennen, immer noch langsam genug, um es zu spüren. Als er sie gesehen hatte, wurde sein Beschützerinstinkt geweckt. Sie ließ zu, dass er sie an der Hand nahm und sie aus der champagnerumnebelten Gesellschaft befreite, mit auf sein Hotelzimmer führte, wo er wartete, bis sie einschlief. Er wachte über ihr, träge kräuselte sich der Rauch seiner Zigarette in die Kühle des ersten Herbsttages. *Du brauchst jemand, der die Augen aufhält. Der dich von der Überholspur runterholt.*

Claudio hatte Schirrmayer sausen lassen, er hatte diesen Abend nur Michelle im Kopf. Eine Tür schloss sich, eine andere wurde geöffnet. Er lief über keinen Laufsteg der Welt, weil er sich in ein Model verliebt hatte.

*

Am Morgen aßen sie im Hotel ein üppiges hanseatisches Frühstück. Viel schwarzer Tee, golden und dampfend. Wie üblich wurde kalte Milch zum Müsli gereicht, was ihn verärgerte. Kein Hotel in der westlichen Welt, wo warme oder gar heiße Milch Sitte gewesen wäre. Bestimmt war er nicht der einzige Gast, der diese kalte Brühe nicht zu schätzen wusste.

Zaghaft lernten sie sich kennen, Michelle hatte wenig Zeit, der Flieger nach Mailand erwartete sie. Claudio blieb alleine zurück, ihre Emailadressen hatten sie getauscht.

*

Damals waren sie beide Huren. Er für die Agentur und Michelle für die Designer, über deren Laufwege sie stöckelte, und die Modemagazine, für die sie sich räkelte. Der Abend ihrer ersten Begegnung wurde nur von einem unschuldigen Kuss gekrönt. Selbst das war schon viel. Einer Kundin gegenüber wäre er innerhalb kurzer Zeit bereit gewesen sehr viel mehr zu geben. Nicht so bei Michelle. Bei ihr konnte er sich Zeit lassen. In den nächsten Wochen hatte Claudio kleine Nachrichten von ihr erhalten, über die ganze Welt verteilt. Mit den Absendeadressen verschiedener Internetcafés rund um den Globus. Aber immer mit ihrem Signum. Er hatte ihren Weg auf der Weltkarte verfolgt. Rio, New York, Paris, Mailand… Sprünge über den Ozean. Kilometer waren das Maß für seine Sehnsucht. Seine ständigen Anrufe trieben seine Handyrechnung ins Unermessliche. Oft, nur zu oft stieß er auf ihre Mailbox. Michelle zu lieben hieß die ganze Welt zu lieben. Seine Gedanken reisten mit ihr und unterwegs nutzten sie sich ab. Stürzten auf die Bahngleise, fielen aus Flugzeugen, ertranken im Atlantik, als sie mit dem Schiff untergingen. Claudio hatte in dieser Zeit gelernt, wie anstrengend eine Fernbeziehung war. Nach fast einem Monat sah er sie wieder, diesmal verführte sie ihn, dass ihm die Spucke wegblieb. Sie fickte ihn, und das mit einer Abgebrühtheit, die ihm ebenbürtig war. Sie war ihm ähnlicher, als ihr klar war. Er war lange genug im Business,

um Liebe aus Sex herauszuschmecken, wenn es auch lange
her war, das sein Gaumen diesen Kitzel verspürt hatte. Dabei
ging es ihnen nicht um den Sex, vielmehr darum, die
körperliche Einheit wieder herzustellen. Kuscheln war ihnen
beiden wichtig. Und wenn im Visionmaster eine Reportage
auf N24 lief, schmiegte sie sich an ihn. Da waren sie wieder
soweit. Ein Körper, der dachte, ein Körper der atmete, ein
Herz, das schlug. So konnte ihre Beziehung lange gut gehen.
Michelle bemühte sich, ihn öfters zu sehen, und Claudio
bemühte sich, sie in seiner Terminplanung unterzubringen.
Was in der Praxis bedeutete, dass er nur arbeiten konnte,
wenn Michelle arbeitete. Keinesfalls durfte sie von den
Kundinnen erfahren. Marla deckte ihn, buchte ihn nur, wenn
er alleine war. Michelle musste nicht leiden. Im Frühjahr
kompromittierte Claudio schließlich ein Anruf von Marla. Er
kam gerade vom Shoppen mit Michelle aus der Stadt, die
letzten Treppenstufen war er hochgehetzt, warf hastig den
Schlüssel in die Ecke, als seine Voicebox schon abnahm.
„Hey Großer, schwing deinen Knackarsch in mein Büro, eine
neue Kundin möchte dich gerne in Natura sehen. Sie trifft bis
um acht ein. Komm besser eine Stunde vorher, um die neuen
Tarife mit mir durchzusprechen.“
Michelle stand in der Tür, musterte ihn argwöhnisch.
„Wer war das?“
„Ein dringender Termin. Ich muss gleich los.“
„Ist es eine andere Frau?“
„Ich verspreche dir, ich habe dich nie betrogen. Bleib einfach
hier und warte auf mich. Mach den Visionmaster an, wenn dir
langweilig ist. Ich werde dir alles erklären.“
Und schon war er wieder weg.

*

Fluchend heizte Claudio über die Stadtautobahn, spielte unstet
an den Senderknöpfen vom Radio. Nur Scheiße auf dem
ganzen Äther, er lud eine MP3. Verdammt, irgendwann hatte
es so kommen müssen. Würde Michelle ihn verstehen, oder
gar verzeihen? Er wusste es nicht. Seine Beziehung stand auf
dem Prüfstand.

In Marlas Büro. Von seinen eigenen Querelen ließ sich Claudio nichts anmerken. Stets trennte er Beruf und Privatleben. Er war wütend auf Marla, die seine Deckung auffliegen ließ. Eigentlich war er selbst Schuld. Marla hatte nicht sein Leben geschaffen, auch wenn sie es gern gestalten würde. In die Scheiße hatte er sich selbst reingeritten. Innerlich musste er lachen. *Ja, reingeritten hast du dich.*
„Schön dass du gekommen bist. Setz dich doch."
Claudio nahm in einem der grauen Sessel Platz. Marlas Drucker arbeitete, er spuckte eine neue Seite aus.
„Verdammt noch mal, wir waren uns doch einig, dass du mich an meinem freien Tag nicht anrufst!"
„Sorry Großer, deine Kollegen sind alle ausgebucht. Es ist wirklich ein Notfall."
„Scheiß auf den Notfall!"
„Werden wir jetzt zickig oder was? Back to business, mein Hübscher. Ich habe dir gleich die neue Preisliste rausgelassen. Gültig ab sofort für alle meine Hengste, also auch für dich."
Claudio seufzte.
„Gehen wir es durch."
„Ich habe euren Stundensatz auf 200 Euro erhöht. Weiterhin gilt das Super Special für die ganze Nacht, den Preis habe ich jedoch mit 1600 Euro angeglichen."
„Gut Marla, soll mir recht sein. Je mehr ich verlangen darf, umso mehr kann ich verdienen. Kommt mir zugute."
„Wie ich sehe, sind wir einer Meinung. Das freut mich, Claudio."
Die Türklingel unterbrach ihr Gespräch. Marla drückte auf den Summer.
„Scheint, als kriegen wir Besuch."
Frau Mossner trat ein. Ein bordeauxrotes Halstuch säumte den Kragen ihres schilfgrünen Kostüms. Wenn man sie so sah: alle Achtung, wirklich seriös. Doch ihr Gebaren war eher bürgerlich.
„Abend Marla. Ist das dein Jüngling, von dem die ganze Stadt spricht?"

„Beachte seinen durchtrainierten Körper, seine glatte Haut. Er hat ein stoßfreudiges Becken. Lächle Mal, Claudio."
Claudio lächelte gequält.
„Ein makellos weißes Gebiss. Fleischgewordene Perfektion, nicht wahr?"
Er dachte sich *Hört auf jetzt! Es ist genug, ich bin doch kein Schnitzel.* Er durfte nichts sagen. Das Geschäft lief mal so, mal so ab. Also er musste sich fügen.
„Marla, ich denke ich buche ihn. Sag an, schöner Mann, wann hast du für mich Zeit? Ich brauche Freitagabend eine Begleitung, wirst du dabei sein?"
„Wenn Marla keinen anderen Termin für mich vorgesehen hat, bin ich gerne dabei."
Frau Mossner drückte ihm einen dieser Schickimicki-Küsse auf die Wange, Judas hatte ihn verraten. Der Pakt mit dem Teufel war besiegelt.

*

Michelle fühlte sich wie vor den Kopf gestoßen. Sie wusste, dass sie ihn stets wochenlang sich selbst überließ, immerhin konnte sie ihn durch gezielte Anrufe kontrollieren, sich von ihm bestätigen lassen, ob er wirklich alleine war und keine Dummheiten beging. Traf er sich mit Freunden, ließ sie sich immer einen der Kumpels rüberreichen, um Claudios Aussage zu verifizieren. Sie klammerte nicht, sie wollte nur an seinem Leben teilhaben. Nun konnte sie nichts weiter tun als warten, bis ihr Geliebter zurückkam. In letzter Zeit hatte sie über Kinder nachgedacht. Ihre biologische Uhr tickte. Wäre er der richtige Mann? Würde es Zeit, eine weitere Gangart runterzuschalten? Er bedeutete ihr sehr viel, mehr als jeder andere Mann davor. Dabei war sie sich nicht mal sicher, ob sie überhaupt auf seine Erklärung warten sollte. Vielleicht wäre es besser zu gehen. In den anderthalb Stunden die sie allein in ihrer gemeinsamen Wohnung wartete, blieb der Fernseher ausgeschaltet, Michelle wühlte in seinen Sachen. Plötzlich hatten sich alle Alltagsgegenstände gegen sie verschworen. Nichts schien mehr seinem alten Platz zugehörig. Als hätten sie immer ein Eigenleben geführt, ein

Doppelleben neben ihrer Beziehung. Sie hatten vieles zusammengeschmissen, doch Claudio hatte sich Nischen bewahrt, die sich ihrem Eingriff entzogen. Der Schreibtisch war das einzige unaufgeräumte Möbelstück. Da stapelten sich Papierwülste, ihr blieb nicht genug Zeit, um sie im Detail durchzugehen. Alte Kassenzettel, Werbebroschüren, Telekomrechnungen. Im obersten Schubkasten fand sie eine Rollkartei mit diversen Frauennamen, inklusive Adressen und sexuellen Vorlieben, feinsäuberlich aufgelistet. Sie schämte sich, als hielte sie ein Tagebuch in den Händen.

*

Als Claudio zur Tür hereinkam, musste er einer Kaffeetasse ausweichen, die dort an der Wand zerschellte, wo eine Sekunde vorher sein Kopf gewesen war. Er rannte auf Michelle zu, die weiter nach Gegenständen griff, die sie ihm entgegenschleuderte. Endlich hatte er ihre Arme im Griff, zog seine kreischende Freundin an sich heran und wartete, bis der Sturm ihrer Hasstiraden abgeebbt war.
„Hörst du mir jetzt zu, bitte?"
„Ok, erzähl mir was. So wie ich das sehe, betrügst du mich mit Hunderten von Frauen. Du verdammtes Arschloch führst sogar noch Buch darüber."
„Setz dich besser hin, es dürfte eine längere Geschichte werden."
Sie setzte sich, er holte ihnen Weißwein und schenkte ein. Dann begann er zu erzählen.
Er war ein kleiner Stricher am Bahnhof gewesen. Auch dort schon einer der Besten. Der Neid der Kollegen. Er hatte die Männer bedient. All ihre Wünsche erfüllt… für die sie bezahlt hatten. Angeekelt hatte es ihn. Besagte nicht ein Sprichwort: Geld ist des Gewissens… bestes Ruhekissen? Er war gerade dabei gewesen, gutes Geld zu verdienen. Knüpfte die ersten Kontakte zu wohlhabenden Geschäftsfrauen. Erst waren es Zufallsbekanntschaften. Dann stahlen sich professionellere Gedanken ein. Er begann zu inserieren. In Kontaktmagazinen. In Tageszeitschriften und im Internet. Annonce um Annonce. Schnell wurde eine Sucht daraus. Der Ehrgeiz packte ihn.

23

Workaholic/ Sexaholic- es gab keinen Unterschied mehr für ihn. Er legte sich einen Anrufbeantworter zu. Verspiegelte seine Schlafzimmerdecke. Er installierte ein Lesegerät für Kreditkarten neben seinem Bett (Michelle hatte es nie gefunden- er versteckte es vor ihren neugierigen Augen).
Marla war eine seiner Kundinnen gewesen. Sie testete die Ware vorher gerne aus. Bereitwillig war er auf das Angebot, für die Agentur zu arbeiten, eingestiegen. Damals hatte er gerade mehrere Pornofilme abgedreht, jeder der es wollte, konnte seinen Schwanz und dessen Fähigkeiten in Großaufnahme betrachten. Im Nachhinein war es erstaunlich, wie schnell man in diese Szene abdriftete. Nicht dass es ihn gekümmert hätte. Schämen konnten sich nur Menschen, die so etwas wie Schamgefühl besaßen. Doch nun saß er neben Michelle und er hatte es ihr nicht aus Scham verheimlicht. Männer hatten ihre Geheimnisse. Sie schwiegen sich aus um des lieben Friedens Willen. Würde sie ihn verstehen?
Es war still geworden im Wohnzimmer. Wer würde nach Claudios Monolog den ersten Stein ins Wasser werfen, der Kreise zog?
„Du hast mit anderen Frauen geschlafen. Sogar mit Männern.“
„Ich habe nie jemand geliebt. Es war alles rein geschäftlich. Niemand hat mir etwas bedeutet, ich habe es nur für das Geld getan und tue es immer noch.“
„Du hast mich belogen. Mich glauben lassen, du wärst Schauspieler.“
„Glaubst du mir fiel es leicht? Ich liebe dich wie ich mich selbst liebe. Es hat mir in der Seele wehgetan, dir mein halbes Leben zu verschweigen. Du hast ja keine Ahnung! Für dich habe ich doch eine ernsthafte Schauspielkarriere in den Sand gesetzt.“
„Wann das denn?!“
„An dem Abend, als ich dich gefunden hatte, hatte ich ein viel versprechendes Gespräch mit Schirrmayer. Ich habe einen sitzen lassen, der alle Kontakte knüpfen konnte. Der mir Rollen hätte vermitteln können. Weil ich auf dich fixiert war. Du bist Schuld, dass ich immer noch meinen Körper verkaufe!“

„Das ist doch die Höhe! Jetzt willst du auch noch mir die Schuld in die Schuhe schieben. Entweder du kickst deinen Job bei der Agentur oder ich verlasse dich!"
„Dann hau ab! Ich kann sehr gut von mir leben. Ich denke nicht daran."
Michelle ging ins Schlafzimmer und räumte ihren Koffer ein, wobei sie schluchzte. Claudio war wie versteinert. Er hätte sie nicht in den Arm nehmen können, auch wenn er es gewollt hätte. Nur eine letzte Geste blieb ihm noch: Michelle das Taxi rufen. Da stand es im Raum, das Schweigen zwischen den Zeilen, an dem leeren Ort wo sich Liebende verlieren. Claudio war wieder alleine. Das Problem war nicht neu: Frauen taten sich schwer, seinen Beruf zu akzeptieren. Irgendwann würde eine kommen, die es wert war, nicht belogen zu werden.
Seit diesem Abend hatte er nichts mehr von ihr gehört. Keine der beiden Partien hatte es gewagt, den ersten Kontakt wieder aufzunehmen. Wie es ihr wohl ergangen war? Lebte sie bei Freunden oder im Hotel? Michelle verdiente gut genug, um monate- wenn nicht Jahre- im Mercure zu residieren. Sie hätte auch die Stadt verlassen können. Zwei Wochen später kam er nach Hause, und die Hälfte der Möbel war verschwunden. Dabei handelte es sich vornehmlich um Stücke, die Michelle in ihren gemeinsamen Hausstand eingebracht hatte. Da Häuslichkeit nie seine Sache gewesen war, blieb ein leerer Vogelkäfig zurück, der Singvogel war ausgeflogen und hatte seine ganze Pracht mit sich genommen.

Wie seltsam, ihre Handschrift zu lesen. Claudio sah ihre Hand vor seinem inneren Auge, wie sie den Kugelschreiber führte. Warum hatte sie keinen Tintenfüller benutzt? Nein, hingeschmiert hatte sie es, ohne sich ein bisschen Mühe zu geben. War er ihr immer schon so wenig wert gewesen? Warum nicht gleich per Fax den Schlussstrich ziehen?

Er erinnerte sich an ihre Emails, die er nie gelöscht hatte. Sie schlummerten auf CD-Rom konserviert, ein Relikt aus besseren Tagen. Oder den Postkarten und Briefen, die seine Ablage zum Überquellen brachten. *Wenn wir miteinander reden hätten können, anstatt immer nur Zettel schreiben, dachte er.*

*

Marla blätterte in ihrer Kartei, Fotos von erstklassigen Zuchthengsten fielen ihr dabei in die Hände. Bei einem Bild seufzte sie, eine besondere Regung umspielte ihr Zwerchfell. Zum Teufel, dachte sie und brühte sich eine Tasse extrastarken Kaffee auf. Nachdenklich sah sie aus dem Fenster.

Frau Arend und die Hausfrauen

Er fuhr zu Roy's Limousinen & Fuhrdienst wo er einen schwarzen Bentley der Silverline wählte. Roy nahm seine Plastikkarte entgegen und zog sie durch das Leseterminal. Automatisch wurde die Mietgebühr vom Konto der Agentur abgebucht. Roy zwinkerte ihm zu.
„Viel Spaß noch."
Claudio hasste ihn dafür. Roy konnte sich nie eine zweideutige Bemerkung verkneifen. Er fuhr zur Villa von Frau Arend am Stadtrand. Nach dem dritten Klingeln machte sie die Tür auf. Sie trug ein langes Abendkleid aus rotem Lackleder. Ihr Halsband und ihre Handtasche waren farblich akzentuiert in schwarzer Seide. Sie gab ihm einen Kuss.
„Guten Abend Claudio. Du hast dich verändert, nicht wahr?"
Er sagte nichts.
„Jetzt sehe ich es: deine Haare sind kürzer. Steht dir viel besser. Fahren wir?"
„Ich bin soweit."
Auf dem Weg zum Bentley kniff sie ihm in den Hintern.
„So knackig wie ich es mag."
Im New China führte sie der Kellner in eine gemütliche Sitzecke mit cremefarbener Polsterung. Rundum Pflanzen. Zwei Kerzen tauchten den Tisch in intimes Zwielicht. Casanova lehnte sich entspannt zurück. Er führte ein belangloses Gespräch über Minigolf. Lächelte, flirtete. Constanze kraulte ihm unter dem Tisch mit einem Fuß die Eier. Angenehme Routinearbeit. Als Vorspeise gab es Wan-Tan-Taschen mit süßsaurer Sauce. Er blickte auf, als die Kellnerin das Hauptgericht an uns herantrug. Er schrie, als er sah, dass es Michelle war. Ein Gesicht, was regelrecht geplatzt aussah, thronte auf einem blutverschmierten Körper. Sie nahm neben Constanze Platz, wie eine Schwade hing der Geruch ihres Blutes über dem Tisch. Ein Mercedesstern ragte aus ihrer Stirn.
Am Ende habe ich dich wirklich geliebt, Claudio. Kannst du mir verzeihen?
Er antwortete ihr in Gedanken.
Was soll ich dir verzeihen?

Ich bin mit dir eine Beziehung eingegangen, weil man mir eine größere Summe Geld gezahlt hatte.
Wer hat dir das Geld gegeben?
Ich weiß es nicht. Es hieß, ich sollte keine Fragen stellen. Der ganze Transfer lief über ein anonymes Schweizer Konto. Alle Kontakte fanden nur am Telefon statt.
Wer könnte Interesse daran haben, dich für eine Beziehung mit mir zu bezahlen?
Sie wollten, dass du abgelenkt bist. Liebe macht einen Mann blind. Du hast die falschen Fragen gestellt. Es lag nicht in ihrem Interesse. Sie wollten dir das Maul stopfen. Besser mit meinen Küssen als mit ihren wahren Mitteln. Sei vorsichtig...Du warst einmal blind, was zum Teil auch meine Schuld war. Halte die Augen offen. Den schlafenden Wächter erwartet das Höllenfeuer.
Michelle verblasste in der Sitznische, nur der Geruch geronnenen Blutes verweilte in der Luft.
„He Claudio, alles okay bei dir?“
Constanze sah ihn erschrocken an.
„Sorry… manchmal habe ich… epileptische Anfälle. Mal mehr, mal weniger. Ich glaube, ich hatte wieder einen Aussetzer.“
„Warst du mal bei einem Arzt deswegen?“
„Ja… aber die Tabletten halfen nicht gegen alle Attacken.“
Die Kellnerin servierte die frittierten Schweineteile. Claudio schaufelte das Essen mechanisch in sich herein. Er verbrannte sich den Gaumen, ohne es zu merken. Die große Portion bewältigte er, wusste aber, dass er beim Dessert kapitulieren würde. Er spielte einfach weiter. Der Hauptdarsteller war ausgefallen, nun musste er eine Rolle übernehmen, die nicht die seine war. Dieses Gefühl der Selbstentfremdung kannte er von früher. Er hatte gehofft, niemals mehr so zu empfinden. Ganze Bereiche seines Lebens hatte Michelle in Frage gestellt, keinen Stein auf dem anderen gelassen.
„Wünschen Sie noch einen Nachtisch?“
„Sehr freundlich von Ihnen, aber wir sind wirklich satt. Wie wäre es dagegen mit einem Whisky? Und was trinkst du?“
„Ich nehme einen Espresso.“
„Sehr wohl, ich bringe es gleich.“

Claudio musste noch fahren, aber der eine Drink würde ihn nicht umhauen. Er lächelte seiner Kundin zu, mechanisch alle Zähne gebleckt.

Er begleitete Frau Arend nach Hause. Folgte ihr in ihr Schlafzimmer, wobei sie ihm ein Kleidungsstück ums andere vom Leib pellte. Als er in ihr kam, schrie er alle Teufel der Hölle und alle Engel des Himmels zusammen. Unter ihm Michelles Gesicht ein Totenschädel mit welkem blonden Haar. Er blieb über Nacht, schlief aber keine Minute. Sie kuschelten sich in den Schlaf, mechanisch kalt wie er es gewohnt war, nur zur Beruhigung der überhitzten Körper. Die kalte Dusche der Emotionslosigkeit war das beste Schlafmittel für seine Kundschaft.

Nach dem Höflichkeitskaffee war er schnell weg. Als die Limousine wieder bei Roy auf dem Hof stand, fuhr er mit seinem eigenen Auto nach Hause. Er machte sich noch eine Fertigsuppe, ließ die Rollläden per Knopfdruck runterfahren und ging schlafen. Er war kaputt, ausgelaugt und wollte den Schlaf der versäumten Stunden nachholen.

Weit gefehlt. Mittags rief ihn Marla an.

„Morgen Großer. Frau Arend hat angerufen. Sie hat sich Sorgen um dich gemacht."

„Marla, ich war etwas durcheinander."

„Ich kann mir keine Angestellten leisten, die unsere Kundschaft beunruhigen! Verstehst du das? Du bist mein bester Mitarbeiter aber das kann sich schnell ändern! Glaube ja nicht, du könntest dir deswegen alle Sperenzchen erlauben!"

Claudio hörte Wut aus ihrer Stimme heraus und Angst. Fein wie die Adernnetze.

„Ich glaube nicht, dass ich dir die Größenordnung erklären muss. Du siehst Gespenster, die nicht da sind…!"

Er wischte sich den Schweiß von der Stirn, der in seine Augen lief und ihm die Sicht vernebelte-

und er schlug in seinem Bett die Augen auf. Das Telefon klingelte.

„Morgen Großer."

Oh nein, nicht schon wieder.

*

Hausfrauentag. Karin Brigitte Melanie. Der Kick des Callboys für wenige Stunden. Sie entflohen ihren ungenügenden Ehemännern in seine Arme. Situationen, in denen er sich besonders viel Mühe gab. Diese Frauen erlaubten sich mit ihrem mühsam zusammengesparten Haushaltsgeld den Sex mit ihm. Da gab es Wunden, die er heilen musste. Er versuchte ihnen soviel Wärme und Geborgenheit zu vermitteln wie er es konnte. Sie sogen es in sich auf wie ein Schwamm. Manchmal sah er Freudentränen im Augenwinkel, die bestimmt keine Spermaflecken waren. Dann hatte er das Gefühl, sie erlöst zu haben. Im Grunde genommen war das seine liebste Kundschaft. Viele andere konsumierten ihn nur kalt. Er wusste, dass er nur ein Objekt war, aber es gab doch Unterschiede. Klar, war ein Fakt, für diesen Beruf musste man entsprechend notgeil sein. Seine Berufung lag jedoch darin, andere Menschen glücklich zu machen. Über alle Genitalen glücklich, kitschbunter Zuckerguss; am Gehirn vorbeigefickt, Red-bull-dosen klebrig unecht, doch die Süße, der Nektar vergossener Begierden war so köstlich. Beruhigung durch Vorabendserien, er selbst spielte jede Rolle, die man von ihm verlangte, auf Zuruf. Wer der echte Claudio war, wusste er selbst nicht mehr. Mit jedem Jahr war ein Stück mehr von ihm abgebröckelt. Die Kälte hatte ihn mehr & mehr von sich abgeschottet. Sein Gefühlsleben glich einem Friedhof, die Grabinschriften begannen allmählich zu verblassen. So war ihm jede Maske recht geworden, die man ihm zugeschustert hatte. Die Masken waren kurz erblühende Blumenprachten, die den Automaten=Roboter leben ließen. Er gab Niemand die Schuld an seiner Situation. Wenn überhaupt, dann sich selbst. Auch die Schuld wurde weniger, weil er weniger wurde. Am Ende die Paralyse, das totale Aus: Existenz statt Leben. Dann würde es ihm nichts mehr ausmachen. Er wäre weg. Eine Hülle hatte keine Sorgen. Als er die letzte Kundin des Tages befriedigt hatte, blieb ihm keine Maske mehr übrig. Nicht einmal für sich selbst. Müde stieg er in seinen Wagen und machte sich auf den Heimweg. Auf dem Freeway bog er in einen Parkplatz ein, um sich zu erleichtern. Sein Urinstrahl hallte blechern in dem Edelstahlpissoir. Im blauen Neonlicht konnte er die dunklen Ringe unter seinen Augen erkennen. Er hatte dieses Licht immer gehasst. Angeblich sollte es Fixern damit unmöglich gemacht werden, ihre Venen zu finden. Seit einem Beschluss der letzten Regierungsperiode hingen diese Lampen in allen öffentlichen Scheißhäusern. Für Claudio sahen Menschen in blauem Kunstlicht wie Leichen aus oder Mondscheinkinder.

Er ging zu seinem Wagen zurück, steckt sich eine Zigarette an, den kühlen Abendwind des Freeway in den Haaren der Abgase und Motorenlärm zu ihm herübertrug. Er sah nach oben, und tausend Sterne blickten zurück. Ein seltsames Déjà vu kam hoch. Genau wie damals im Schlachthof, wo er während seiner Schulzeit in den Sommerferien gejobbt hatte. Neben der Klapptür zur Kühlhalle stand ein Eimer mit Kuhaugen, der täglich geleert werden musste. Aushilfen erledigten die Drecksarbeit. Eine Aufgabe, die ihm zufiel. Wenn er einen Kübel packte, starrte ihn ein Berg von Augen an. Noch Jahre später verfolgten ihn Alpträume, wo ihn eben diese Augen anstarrten, oder er schlicht & einfach das Gefühl hatte, beobachtet zu werden.

Plötzlich fiel ihm ein Flackern in seinem rechten Gesichtsfeld auf. Zwei gelbe Punkte die über einem Busch tanzten. Elmsfeuer? Claudio wurde neugierig. Als er sich ihnen näherte, passierte etwas Seltsames. Mit jedem weiteren Schritt auf sie zu entfernte sich das Licht um dieselbe Distanz. *Sie wollen wohl, dass ich ihnen folge. Also mache ich das mal.*

Stellenweise war der Boden matschig. Im Unterholz wisperten kleine Tiere. Wenige Minuten später sah er den Pfeiler der Autobahnbrücke. Die Lichter schienen kurz zu zögern und schossen dann in die Wand. Im selben Augenblick wurde die Wand schlagartig hell, so dass Casanova die Hand vors Gesicht schlug. Als er die Augen öffnete, war ein Glimmen geblieben von der Sorte, wie sich Zeichner trivialer Comics Atomkraft vorstellten. An der Stelle, wo die Lichter eingedrungen waren, glühte die Wand besonders hell. Claudio näherte sich vorsichtig. Der Tonfall der Botschaften hatte sich verändert seit den Tagen als er abends mit dem Fahrrad hier hinaus gefahren war, Kondome und Gleitgel in den

Jackentaschen. Seinen Eltern hatte er erzählt, er würde Freunde besuchen. Sie hätten nie gedacht, dass er sich als Taschengeldler an den Schwuchteln ein gutes Zubrot verdiente.

Dies war das schwarze Brett der Streuner, Rüden, Hengste und Stuten. Klein bestückt, groß bestückt, rasiert, schlucke alles, spritz mir ins Gesicht, richte mich ab, erzieh mich, schlag mich. Der private Kleinanzeigenmarkt. Geiler Bläser lutscht dich leer war der Text, der ihm sofort ins Auge stach, oder vielmehr der Kommentar direkt darunter.

Unter die Handynummer hatte ein anderer Das ist der Idiot ohne Zähne geschrieben. Was sollte das? Wer oder was wollte, dass er das las? Er beschloss nach Hause zu fahren. Als er einen letzten Blick auf die Wand warf, las er

„Die Vergangenheit ist der Schlüssel. Erinnere dich Claudio, die Zeit drängt."

Die letzten Meter zum Auto rannte er fast. Zuhause angekommen schlief er in Fötushaltung ein.

*

Sonntags hatte Claudio frei. Er ging seine Familie in Barmstedt besuchen. Lange hatte er es ihnen versprochen. Fremd erschien ihm der Hof. Das Wohnhaus in rotem Klinker. Rufus, ihr schwarzgrauer Schäferhund, sprang freudig bellend an ihm hoch. Er war auf einem Auge erblindet. Als Claudio ihm durchs Fell strich, ertastete er eine schlecht verheilte Narbe, die unter seinem Auge verlief. Was mochte sein alter Weggefährte während seiner Abwesenheit erlitten haben? Hatte er sich mit einem Wiesel angelegt? Als Kind hatte er sich nie alleine in die Scheune getraut, weil er dort ihr Trippeln und Trappeln vernahm.

Fremd war ihm das Klingelschild, auf den sein Namen nicht mehr stand. Dennoch nahmen sie ihn mit offenen Armen auf. Die Wohnung hatte sich wenig verändert. Dieselben alten Möbel, lediglich die Tapeten wurden seit seinem letzten Besuch mehr vom Gilb in Anspruch genommen. Seine Eltern waren einfache Menschen, die sich mit ihren Alltagssorgen rumplagten, dennoch jedem Gast einen selbstgemachten Espresso anboten. Mutters silbernes Kännchen blitzte frischpoliert auf der Herdplatte. Als käme es frisch aus dem Laden. Nicht ein Kaffeefleck wagte es, die Metalloberfläche zu verschandeln.

Wenn sie ihn fragten, was er denn arbeiten würde, sagte er immer schön brav: Dressman. Wie hätte er ihnen die Wahrheit sagen sollen? Nur seine kleine Schwester wusste davon. Zu ihr hatte er von Kindheitstagen an ein sehr inniges Verhältnis gehabt.

Sein Vater, der immer noch selbst den Pizzaofen in seiner eigenen Gaststätte belud, hatte die weiße Kochschürze seinem Cousin Nino gegeben, um voll und ganz für die Heimkehr des verlorenen Sohnes dazusein. Es ging ihnen wider die Gastfreundschaft, einen Ankömmling an ihrem Tisch sitzen zu sehen, der nicht mindestens einen gehäuften Teller vor sich hatte. Berge von Spaghetti türmten sich auf.

„Iss, Junge, iss."

„Mama, denk an meine Figur! Ich kann nicht mehr soviel essen wie früher."

„Ach was. Du fällst ja fast vom Stuhl. Bist nur Haut und Knochen."

„Muskeln, Mama, das ist ein Unterschied. Ich bin nicht dürr, nur definiert. Du hast keine Ahnung, wie hart es in der Arbeitswelt zugeht. Täglich drängen neue Männer auf den Markt. Einer jünger und straffer als der Nächste."

„Ludwig Erhard und die Segnungen der modernen Marktwirtschaft."

„Bärbel, halt die Klappe."

„Mäßige dich gegenüber deiner kleinen Schwester, sonst gibt es keine Panna Cotta für dich."

Claudio kicherte hinter vorgehaltener Hand. Er war jetzt schon so satt, das der Gedanke an einen Nachtisch utopisch erschien.

„Du kannst nicht ewig schön sein. Dein Kapital ist vergänglich. Das Grande Napoli braucht einen Nachfolger. Mein Rücken wird nicht besser."

„Ach Papa."

Da jammerte er wieder. Und konnte im gleichen Atemzug erzählen, wie er den Familienschlitten hochgebockt hatte, um die neuen Chromfelgen aufzuziehen. In Wirklichkeit war er gegen seinen Lebenswandel. Dressman war für ihn kein seriöser Beruf. Sie lebten streng katholisch. In ihrer eigenen kleinen Welt und bekamen viele Dinge nicht mit. Liehen sich nie unanständige Filme aus. Zum Glück. Claudio sollte zur Ruhe kommen, eine Familie gründen und nach Hause kommen. Die große Stadt war ein gefährlicher Sog, dem er sich rechtzeitig entziehen musste. Wie Fertigpizzaboden aus dem Tiefkühlregal. Genießbar, aber ungesund.

*

Oft kamen zu diesem Essen auch Freunde der Familie, Nachbarn von Nebenan. Die dicke Frau Müller in ihrem Hauskleid, ihr Sohn Richard, mit dem er früher Frösche mit Silvesterkrachern in die Luft gejagt hatte. Er erzählte ihm von dem Tag, als ein größerer Hund Rufus bis zum Weidezaun gejagt hatte, und er sich unter dem Stacheldraht durchzwängen musste. Claudios Eltern hatten ihn voller Sorge zum Doktor Brummse gebracht. Dieser hatte fröhlich vor sich hin gepfiffen, als er die Wunde mit mehreren Stichen schloss.

*

Wie die meisten Kinder, deren Eltern verschiedenen Nationalitäten angehörten, übernahmen sie schnell die Geschlechterrollen, die ihnen vorgelebt wurden. Bärbel, deren Haare im gleichen Weizenblond erstrahlten, wuchs zu einer Frau heran, die ihrem Liebsten einmal die Pantoffeln ans Sofa tragen würde. Claudio hingegen genoss mehr oder weniger Narrenfreiheit. Jungs dürfen alles.
Bärbel hatte ihren Bruder gern, aber es war ihr nicht entgangen, was für ein furchtbarer Macho aus ihm geworden war.
Am Abend gingen sie als buntes Trio auf die Gasse, Claudio führte Manuel und seine Schwester im Schlepptau ab. Er wollte sich in der Disko amüsieren wie früher.

34

Die Türsteher winkten sie durch, er war bekannt. Er spürte viele begierliche Blicke der meist bauchfrei angezogenen Mädels, es hatte sich wirklich nichts verändert. Ebenso die vernichtenden Blicke der kleinen grauen Mäuse, die sein Gesicht- oder besser gesagt seinen Schwanz- aus den Filmen kannten, die ihre pickligen Freunde ansahen, für die sie viel zu selten die Beine spreizten. Ihre Begleiter hingegen bewunderten ihn. Sie wussten in ihrer pubertären Naivität nicht, dass Ficken ein Knochenjob war. Auf Befehl weinen. Auf Befehl abspritzen. Spaß sah anders aus. Klar, auf DVD waren die Titten immer prall, die Muschis immer feucht. Aber möglich wurde dies erst durch plastische Operationen und Gleitcreme.

Vor Beginn seiner Karriere hing er denselben Illusionen nach. Mit möglichst vielen Frauen schlafen, um sich seine Männlichkeit zu beweisen. Jetzt war es zu seinem Beruf geworden. Man tut, was man hat. Bitter stieß ihm Magensäure auf, seine Stimmung war im Keller.

*

Hazienda- der Frühling stieg aus den Schneepfützen des Winters. Selbst im Hirn sprossen die Knospen. Wirre Triebe, saftende Blüten. Die Schirmherrschaft der Bäume ließ klebrige Pollenstürme los. Schullandheimstimmung, heute katerlos & nüchtern, mit einem Pfefferminztee in der Hand. Verstohlene Gier. Dieselben Frühlingsnächte. Der Lehrer, der Jungen und Mädchen strikt trennte. Einsamkeit in persilgetränkten Laken. Der Neutralität aller Hotels. Harte Wolldecken & süße Frühlingsluft. Allen gemeinsam die Erwartung.

Erwachsen sein hieß rauszublicken in die stählern=funkelnde Nacht und das Standgebläse kam nicht. Sich hindurchzuretten durch zahllose Onenightstands, die keine Probleme lösten; und ausgerechnet jetzt, in der schlimmsten Jahreszeit der Begierde, blieben noch diese Betttröster aus.

Wir ersticken in Pärchen, diese kaugummihafte Wirklichkeit da draußen. Puffbesuche- das Geld nicht wert! Seit wann müsste er für Sex Geld auf den Tisch legen? Wo Sex doch ein allgemeines Nutzgut war wie die Luft, die ein jeder Bürger frei atmete? Er musste nur eines: seine Gefühle offen auf den Tisch legen- wenigstens sich selbst gegenüber. Das war das Mindeste, was er verlangen konnte. Alles was für ihn zählte, war beim nächsten Mal einen noch dekadenteren Fick aufs Parkett zu legen.

Die Letzte hätte rein biologisch gesehen seine Großmutter sein können. Mag sein, sie hatte sich gut gehalten.

Söldnerkampf durch die durchs Alter angesammelten Fettpolster. Jähe Entlohnung durch die sexuelle Erfahrung einer Sechzigjährigen. Sex ohne Gummi. Keine Sorge um Schwangerschaft. Die ganze Nacht kein Schlaf. Wie sollte er das mit seiner Moral verantworten? Angespanntes Kuscheln, gefangen im hausmütterlich-schweißigem Klammergriff. Wie sollte er ihrem Sohn am nächsten Tag gegenübertreten?

Frühmorgens die Jugendlichkeit der munter gurgelnden Kaffeemaschine, frisch gekaufte Brötchen, und, um dem Ganzen die Krönung aufzusetzen, eine Schüssel Müsli. Einen Kuss für die Morgensonne. Hanseatische Behäbigkeit: Die Lütte muss doch was Anständiges essen. Genauso kam er sich vor. Der Schuljung. Gerade alt genug für den Kaffee. Ein Handtuch neben der Dusche. Er in seine Jeans und weg. Wieder ein Fick, der den Kopf nicht freispülte- im Gegenteil. Erneut die Gesichter der Paare auf den Straßen während er einer besseren Stimmung entgegen ging. Die Straßenbahnen, die an ihm vorbeirasselten. Die Busse, die ihm über die Füße fuhren. Händchenhaltender Terror um ihn herum. Sein Wunsch nach diesem teeniehaften, unschuldigen Miteinandergehen. Zu alt war er für diese Art von Romantik. Hatte sich immer für eine endgeile Sau gehalten, dachte er. Schnipp, da ging die Zigarette über die Bordsteinkante. Ging über Bord, ging· verloren. Nie über eine Beziehung nachgedacht. Dafür jetzt. Er war nicht der klassische Teenager gewesen. Brav, scheu, ohne Freundin. Erst ein Baum, sprießende Blätter. Später Verholzung, der Blick wurde spröde. Danach das Karbonzeitalter, Verhärtung, Prometheus feuerlos kastriert. Jedwede Romantik hatte das Leben in ihm abgetötet. Er kannte die Liebe nicht. Er hatte Herzen gebrochen, doch all dies hinterließ keinen Eindruck.

Für ein paar Stunden war er der Hengst, der ihnen Glück brachte. Wenn es sein musste, machte er ihnen etwas vor. Redete nett, raspelte Süßholz. Nur um sie ins Bett zu kriegen. Von einer Mehrzahl zu reden hieß nicht, dass es mehr zählte. Nächte, nichts weiter.

Lässig brachte er den perfekten Anreiz, schicke Klamotten, und kein gegeltes Haar wagte es schief zu liegen. Ein blendendes Lächeln. Eine Figur, an der das Fitnessstudio nicht spurlos vorübergegangen war. Er war eitel, strebte Perfektion an. Merkte sich keine Namen mehr, machte nur noch Kerben in sein Bettgestell.

Womit fing der Zyklus wohl an? Zuerst machst du alle Haarfarben durch, langhaarige, kurzhaarige Frauen. Durch Dick und Dünn. Verschiedene Altersklassen. Dann die Extremen. Businessfrauen in ihrem Mercedescabrio, schwermütige Alternative mit schwarzen Haaren und dem obligatorischen Schlafzimmerblick. Keine Möglichkeit absurd genug. Dein einziges Ziel: das Panoptikum aller Frauentypen. Sie machten die Beine breit, und sein Charakter den Spagat dazu. Flexibel passte er sich ihren Erwartungen an. Um die seinen zu befriedigen.

Was machte er allerdings, wenn er alle durchhatte? Wieder von vorne anfangen? Die sich endlos wiederholende Talkshowschleife ewig gleicher Themen? Das waren Claudios Lehrjahre.

*

„Weißt du, wo Claudio steckt?“
„Ich glaube, der ist schon nach Hause gefahren.“
Bärbel stellte die ganze Diskothek auf den Kopf, konnte ihren Bruder aber nicht finden. *Scheiße, soll er doch alleine sehen, wie er nach Hause kommt.* Sie holte ihren Mantel an der Garderobe ab und lief über den Parkplatz. Dort fand sie ihn in ihrem Auto wieder, weinend, mit herabgelassener Hose.
„Ist das alles, was ich kann?“
Bärbel wusste keine Antwort. Früher hätte sie ihr Bruder den ganzen Abend nicht aus den Augen gelassen. Eine Frage der Familienehre. Niemand durfte seine kleine Schwester

berühren. Hätte Bärbel ihre Jungfräulichkeit vor der Ehe verlieren wollen, diesen Abend hätte sie leichtes Spiel gehabt. Was war bloß los mit ihm? Papa hatte Recht gehabt, der Moloch Hamburg hatte ihn verändert.

*

Claudio kehrte zurück. Kaum war er im Wohnzimmer, da merkte er auch schon, dass er nicht alleine war. Im Aschenbecher glimmte eine Zigarette alleine vor sich hin, die sich bei genauerem Hinsehen nicht als seine Marke herausstellte. Da fiel die Tür ins Schloss. Jemand hatte gewartet und war jetzt entschlüpft. Claudio drehte sich mit klopfendem Herzen um und riss die Tür auf. Im Treppenhaus war es so still, dass man eine Stecknadel hätte fallen können lassen. Wo war der unheimliche Gast geblieben? Er steckte seinen Hausschlüssel ein und nahm die Stiegen im Eiltempo. Doch selbst im Parterre traf er niemanden an. Verwirrung machte sich breit. Wieder oben unterwarf er seine Wohnung einer gründlichen Inspektion. Von der Zigarette schwelte mittlerweile nur noch der Filter, auf dem der Markenname von Lucky Strike prangte. Er rauchte Marlboro, verdammt noch mal! In der Küche fand er eine Kaffeetasse, in der der letzte braune Rest keine Zeit gefunden hatte, um kalt zu werden. Sein begehbarer Kleiderschrank stand sperrangelweit offen. Sein beigefarbener Nadelstreifenanzug war weg. Definitiv. Auf seiner Bettdecke lag ein Zettel. Er war ihm mit Sicherheit nicht versehentlich aus der Tasche gefallen, jemand hatte ihn absichtlich dort liegen lassen.

War es schön auf dem Land? Hast du den Schlüssel gefunden? Manchmal trügt das Gedächtnis mein Lieber, was denkst du? Ich komme wieder. Geh selbst deine Antworten suchen, zähle nicht auf mich.

Claudio war geschockt. Der anonyme Schreiber musste ihn kennen. Viel wichtiger erschien ihm die Frage, wer alles davon wissen konnte, dass er bei seinen Eltern sein würde. Wer kam in Frage? Besser gesagt, wer kannte ihn. Verdammt noch mal, er war zu bekannt! Die halbe Hamburger Society kannte ihn, auch wenn die meisten ihn verleugnet hätten, noch ehe der erste Hahn dreimal krähte. Marla wusste, wo er war. Justin ebenso. Keinem von ihnen wäre ein Wohnungseinbruch zuzutrauen. Blanke Wut wallte in Claudio auf. Wer wagte es, in seine Wohnung einzudringen und sich ohne zu fragen an seiner Garderobe zu bedienen? Das Schloss der Eingangstür wies keine erkennbaren Beschädigungen auf. Claudio wusste nicht, wem er einen Nachschlüssel gegeben haben sollte. Augenblicklich beauftragte er einen Schlüsseldienst, der in einer halben Stunde eintraf, im für ein unverschämtes Honorar das Schloss wechselte und einen Satz neue Schlüssel daließ. Irgendwo da draußen lief ein Mann in einem eleganten Anzug durch die Welt.

Kapitel 2

Babylons letzter Wächter

<u>Szene 13</u>

[Innen, Bernadettes Küche]

<u>Bernadette</u>: Ich weiß kaum noch, wo ich das Geld hernehmen soll. Alles trägt der feine Herr in die Kneipe! Versäuft es mit seinen werten Freunden.
<u>Manuel</u>: Schatz, wir haben doch immer genug zum Leben.
<u>Bernadette</u>: Das nennst du Leben? Was du jeden Abend in die Schüssel kotzt? Glaubst du, mir macht es Spaß, jedes Mal deine Wunden zu versorgen, wenn du wieder in eine Prügelei geraten bist? Wenn du getrunken hast, wirst du aggressiv.
<u>Manuel</u>: Die haben den Streit gewollt, nicht ich!
<u>Bernadette</u>: Ach ja? Wo treibst du dich überhaupt herum, dass du dich mit den Leuten immer prügeln musst? Das Gesindel ist kein Umgang für dich!
<u>Manuel</u>: Wage es nicht, über meine Freunde herzuziehen-
<u>Bernadette</u>: Eine Horde von kaputten Schnapsnasen!
[Er schlägt ihr ins Gesicht.]
<u>Bernadette</u>: Das war's. Raus. Und lass dich nie mehr blicken.
[Manuel verlässt die Küche. Er dreht sich dabei nicht um. Brennende Brücken hinter sich.]

<u>Szene 14</u>

[Außen, abends. Die Kamera zoomt sich über die Hochhaussilhouette. Manuel auf dem Hochhausdach. Unter ihm breitet sich die Stadt aus. Der Lärm eines nie schlafenden Molochs steigt hinauf. Er nimmt einen tiefen Atemzug und verzieht angewidert das Gesicht. Er winkt der untergehenden Sonne zu. Flaschen zerklirren unter seinen Füßen, als er stolpert. Offensichtlich ist er stark betrunken.]

<u>Manuel</u>: Willkommen in Babylon! Menschen haben dich erbaut, die sich nicht verstehen, dich nicht, und mich am allerwenigsten. Nun stehe ich auf deinen Spitzen, zum Mahnmal in dieser Betonwüste!

*[Erneut greift Manuel ins Flaschengrün, lässt Bordeauxrot
die Kehle hinabrinnen. Die leere Flasche schleudert er über
die Dachkante.]*

<u>Manuel</u>: Soll sie einen Ungläubigen erschlagen, ich kann sie
nicht alle bekehren. In den verfluchten grauen Häusern
wohnen grausame Menschen. Diebe Mörder Wahnsinnige,
durch nichts zu einen als diesen unseligen Turm, dessen
Wächter ich bin. Es ist mir verboten den Turm zu verlassen.
Sie haben mich zu ihrem Priester auserkoren, als
Priestergewand mir eine goldene Lügenpatina angezogen. Es
spielt keine Rolle, ich darf nur das Bild sein, welches sie
sehen wollen. Ich könnte schreien und sie hören es nicht.

*[Mutigen Schrittes tritt er an den Rand. Er legt sein Gewand
ab und wirft es in die Luft. Flatternd verschwindet es zwischen
Häuserschluchten.]*

<u>Manuel</u>: Endlich frei endlich ich selbst. Nur so kann ich das
nötige Signal setzen.

[Babylons letzter Wächter springt.]

In diesem Klassiker bestach Rüdiger Steine als Manuel, Bernadette wurde von der damals blutjungen Anita Schneider gespielt. Der Film wurde zum Sprungbrett ihrer Karriere. Zahleiche Rollenangebote folgte. „Ein Tag in Berlin" (Constantin Film 2029), „Schritt auf Tritt" (Achterbahnfilmverlag 2035). In Schritt auf Tritt mimte sie eines der Opfer des Serienmörders Christoffer. Ihre überzeugende Darstellung der Todesangst meisterte sie mit viel Feingefühl. In diesem Jahr wurde ihr der Berliner Bär verliehen. Der liebe Gott hatte Anita Schneider mit einer glatten Haut bedacht, ihre süße kleine Stupsnase thronte siegessicher über ihrem einladenden Schmollmund. Ihr honigblondes Haar floss weich über ihre Schultern. Dieser unverbrauchte Look hatte ihr zu einer gewissen Achtung verholfen. Wo die verfliegenden Jahre aus ihren Kolleginnen Charakterschauspielerinnen gemacht hatten, verflog ihr Reiz im gleichen Zug, wie die Falten in ihrem Gesicht erblühten und zusätzliche Pfunde sich auf ihren Hüften ablagerten. Zuschauer sind ein launischer Menschenschlag. Sie wollten sich an der Heldin mit der sexy Ausstrahlung ergötzen. Leider hatte sie allzu oft gerade diese Rollen angenommen. Dafür kannte man sie. Gerade das ist wichtig für eine Karriere in dieser Branche. Genauso wie an sich selbst zu reifen und dem Publikum neue Qualitäten zu präsentieren. Was ihr nicht gelang. Ihr letzter Film, „ Die vergessene Zeit" (Filmstudios Babelsberg, 2039) floppte. Dankbar nahm sie beim ZDF an, als man ihr die Rolle als Nachrichtensprecherin gab. In den ersten Sendungen sah man sie noch mit tiefem Ausschnitt, offenbar wollte die Programmleitung an ihr altes Image aufknüpfen und mit ihrem Wiedererkennungswert arbeiten. Wochen später flimmerte sie hochgeknöpft über die Mattscheibe, auch war sie weniger grell geschminkt. Alles in allem, sagte man sich, hatte sie es gut getroffen.

*

Babylons letzter Wächter war zu Ende. Die Werbung wurde eingeblendet. Auf dem Wohnzimmertisch lag eine angebrochene Chipstüte mit getrockneten Bananenscheiben. Im abgedunkelten Wohnzimmer flimmerten die bunten Bilder über das Gesicht des schlafenden Claudio, der nicht mehr erlebt hatte, wie Manuel sich in den Tod stürzte. Ein anstrengender Tag forderte seinen Tribut. Er hatte sich die Woche frei genommen, um seine Wohnung zu streichen. In der Küche trockneten die Überreste einer Mikrowellenlasagne in sich ein. Sein alter Jogginganzug war mit Farbspritzern übersät. Nachts um drei würde er aufwachen mit schmerzend steifen Nackenmuskeln und sich ins Bett legen. Morgen war Freitag. Mit dem Freitag fing bei ihm die Arbeitswoche an. Da lief das Geschäft mit der käufliche Liebe gut an. Er hasste Freitage.

*

Der neue Auftrag versetzte Claudio in Hochstimmung. Er kannte seine Kundin. Sah sie fast jeden Tag, wenn sie die Tagesthemen verlas. Dennoch war er aufgeregt. Er würde ihre private Seite kennen lernen, die selbst der Regenbogenpresse unbekannt war. Die meisten ihrer alten Filme kannte er.
Frau Schneider wohnte in einer Altbauwohnung in St. Georg. Hohe Stuckdecken in grauem Schimmelkleid. Die Frau, die ihm öffnete, war nicht die, die er erwartet hatte. Zum einen roch sie stark nach Hochprozentigem, zum anderen war sie ungepflegt. Ihr Haar lag eng an der Kopfhaut an, als hätte sie unachtsam darauf gelegen. Im Fernsehen war es immer akkurat toupiert. Da hätte man sie ohne weiteres auf Ende vierzig eingeschätzt. Obgleich des nachteiligen Effektes, den das Fernsehen auf die Präsenz des Gewichts hatte, überspielte es doch gut das wahre Alter. Die Frau die ihm die Tür aufmachte, sah nicht viel jünger aus als sechzig.
„Guten Abend Frau Schneider. Die Agentur schickt mich."
„Ach, bist Du der junge Herr. Komm ruhig rein. Willst du was trinken?"
„Haben Sie Mineralwasser?"
„Pah, wenn's denn sein soll. Folge mir."

Er begleitete sie. Nach einigem umständlichen Wühlen im Kühlschrank kam sie mit einer Flasche Mineralbrunnen zurück. In der linken Hand trug sie ein Longdrinkglas.

„Ich habe Hunger. Bring uns zwei Pizzen.“

„Wo ist denn hier die nächste Pizzastube?“

„Gott im Himmel, eine Pizzastube! Nee, sowat ham wir hier nich. Gehste mal unten bei de Ampel, da ’isn Kebab. Da hammse Pizza.“

Wenn sie lallte, war das Hochdeutsche vergessen. Da schlug ihre bäurische Erziehung durch. *Ich bin doch nur ein einfaches Mädel aus Emden, meine Mutter machte guten Tee mit Kluntjes*, dachte sie. Die Mutter lag unter der Erde, sie hatte ihren Schwarztee am liebsten mit einem Schuss Rum. Während Claudio zur Kebabbude fuhr, dachte sie an Rüdiger. Wie glücklich sie damals mit ihm gewesen war. Sie hatten zweitausendfünfundzwanzig geheiratet. Er war ihre große Liebe gewesen. Acht ganze Jahre der Harmonie folgten, wo sie diese Wohnung in der Kaiser-Wilhelm-Straße bezogen. Wie oft hatten frische Schnittblumen den Salon mit ihrem Duft angefüllt, wenn er ihr seine Liebe beweisen wollte. Wie schnell war es alles verflogen, als es anfing. Wo er immer später nach Hause kam. Wo sie an seinem Hemdkragen fremdes Parfüm wahrnahm. Ihre Ehe war kinderlos geblieben. Nun war sie zu alt für Kinder, all ihre Schulfreundinnen hatten erwachsene Sprösslinge, manche von ihnen schon Enkel. Nicht sie.

Die Scheidung hatte sie viel Geld gekostet. Rüdiger hatte als Handelsvertreter gearbeitet, wurde (oder machte?) dann arbeitslos. Sie als die Besserverdienende musste fortan seinen Unterhalt berappen. Vor zehn Jahren hatte er wieder geheiratet. Die Sekretärin der Firma, in der er mittlerweile Fuß gefasst hatte. Ein zierliches Ding mit prallen Möpsen, bestimmt zwanzig Jahre jünger als er. Er hätte ihr Vater sein können. Warum dachte sie jetzt an ihn? War das nicht längst alles Vergangenheit?

In ihrem Leben hatte es lange keinen Partner mehr gegeben. Wie spielte man noch gleich das alte Spiel? Einen Mann kennenlernen und anschließend verführen? Ihr einst so makelloser Körper fing an, sie im Stich zu lassen. Über ihr

Gesicht kroch ein Spinnennetz feiner Linien. Ihr Hintern war fetter geworden, die Backen hingen ein wenig herab. Mit zwanzig war sie eine gute Jägerin gewesen, doch jetzt ödete es sie an. In ihrem Alter hechtete man nicht mehr durch die Diskotheken, aber wie sonst sollte man einen Mann finden? Sie brachte es nicht fertig, jemand im Supermarkt anzusprechen, der neben ihr an der Käsetheke anstand. Sie kam sich dabei lächerlich vor. Aber so machen sie es doch sonst, alle anderen? Sie fand sich alleine wieder, all die falschen Freunde aus ihren ruhmreichen Zeiten waren verschwunden. Gewiss, in der Weinstube gab es die eine oder andere Person, die sich an sie erinnerte und eine Runde ausgab. So ermöglichte ihr großer Name nach wie vor Gratisdrinks. Sie lächelte in der Runde, erzählte geistreiche Anekdoten. Je mehr sie getrunken hatte, umso blumiger schmückte sie sie aus. Danach war ihr ganz schlecht, sie schämte sich für das, was aus ihr geworden war. Da strömte es aus allen Körperöffnungen. Erst kam der Mageninhalt, dann die Tränen. Wenn sie mit tauber Zunge mitten in der Nacht aufwachte, wusste sie, dass sie an einer Trinkermelancholie litt. Und wer litt, der tat dies meistens einsam.
Im Hamburger Abendblatt hatte sie die Anzeige gelesenen und prompt angerufen. Weil sie die Schnauze voll hatte. Weil sie ihr stupides Umfeld anödete, sie verkroch sich seit Wochen in den eigenen vier Wänden, und wäre auch nur rausgekommen für den Richtigen. Im Märchen kommt der strahlende Prinz, der Dornröschen wachküsst aus ihrem Schlaf. Im wahren Leben kam ein Callboy, der eine abgehalfterte Schauspielerin fickte.

*

Ein Tag in Berlin

[Draußen, Sarahs Garten)

Björn: Hat wer Hunger?
Miriam: Kaum.
Björn: Also mir hängst der Magen bis zu den Kniekehlen.

46

Sebastian: Ich könnte auch was vertragen.
Björn: Era, wollen wir nicht zur Tankstelle fahren? Chips und Schokoriegel wären bestimmt das Richtige für die müden Krieger.
Era: Ich hab kein Bock. Ihr habt doch Hunger!
Björn: Gib mir die Schlüssel, dann fahre ich eben.
[Björn nimmt die Wagenschlüssel entgegen. Die Kamera folgt ihm bis er in den Jeep in der Einfahrt einsteigt]

*

Claudio vernahm ein silbernes Klingeln, als die Tür sich schloss. Früher musste hier drin eine Tankstelle gewesen sein; wo draußen die Zapfsäulen gewesen waren, standen heute metallene Tischgruppen. Der Geruch von brutzelndem Fleisch schlug ihm entgegen. Was würde ihr wohl schmecken? Sie hatte ihm keinen Wunsch mit auf den Weg gegeben. Er bestellte intuitiv zwei große Kebab, da konnte man nie viel falsch machen. Ihres ohne Peperoni. Die Wartezeit vertrieb er sich mit einer Zigarette. Gemächlich schlenderte er an einen der hohen Tische und blätterte in der Tageszeitung. In den Kleinanzeigen, die er gewohnheitsmäßig zuerst las, stand die Werbung der Agentur direkt neben der Ankündigung des großen Filmballs.
Claudio nahm die warme Plastiktragetasche in die Hand, zahlte und verstaute sie im Wagen.

*

„Nenn mich ruhig Anita.“
Er sah erstaunt hoch, widmete sich schnell wieder dem Fladenbrot in seinen Händen. Frau Schneider, Verzeihung, Anita, hatte sich einen Bourbon eingeschenkt und ihm eine Cola. Der Visionmaster lief eigentlich, seit er einen Fuß in ihr Appartement gesetzt hatte. Oder auch schon davor. Widerwillig wurde sie ihm sympathisch. Mitleid machte sich breit, er bekämpfte es schnell. Konnte er sich nicht leisten. Eine Hand, mit Resten von Kräutersauce unter den Fingernägeln, strich über seinen Schritt, zog am Zipper seines

Reißverschlusses. Claudio wischte sich mit der Papierserviette
den Mund ab und küsste sie. Ihr Atem roch nach Schnaps und
Zigaretten. Wie würde sie morgen in der Maske aussehen?
Wie viel Schminke würde nötig sein, um die roten Flecken zu
überdecken, die Augenringe? Gierig wanderte ihr Mund nach
unten, nahm seinen Penis auf. Er sah den Kragen ihres
Blazers, der achtlos über der Sessellehne hing.

Dann eben Musik

„Anita, es geht nicht."

„Warum nicht?"

„Deine Karriere ist vorbei, siehst du es denn nicht? Abgetaucht in einer Flasche Schnaps."

„Nennst du mich eine Säuferin?"

„Hör mal, ich versuche ehrlich mit dir zu sein. Ich bin dein Agent.

Hergottnochmal, deine letzten größten Schlagzeilen beschränkten sich auf deine Aussetzer bei der Bambiverleihung. Wo du in Unterwäsche im Bürgerbrunnen geschwommen bist. Du hattest nicht mal mehr den Anstand, auf die gierigen Augen der Presse zu achten, die natürlich prompt ganze Fotoserien schossen."

„Ich will singen!"

„Das wollten schon viele vor dir. Aber was ist mit deiner Stimme? Worauf soll ich denn aufbauen, wenn ich dich vermarkten will?"

„Ich kann Gesangsunterricht nehmen."

„Auf jeden Fall. Ohne geht es nicht."

„Weißt du, ich habe mehrere Songs vorbereitet. Ich stehe in den Startlöchern für mein erstes Soloalbum."

„Du verdammtes Biest, du willst das wirklich durchziehen? Die Klatschpresse wird dich in der Luft zerreißen. Für die ist das ein gefundenes Fressen. Dein Privatleben werden sie hervorzerren. Du kannst darauf warten, bis die erste Reportage auf RTL2 läuft mit einem Best-of deiner Abstürze."

„Hilfst du mir oder nicht? Du bist mein Agent."

„Sicher, mache ich. Gottverdammt, dir war klar, dass ich nachgeben würde. Aber komm nicht hinterher an und jammere mir die Ohren voll, wenn es schief geht."

„Ich danke dir, Roland."

*

Die Karten für die Hamburger Filmgala waren heiß begehrt und für Normalsterbliche kaum zu kriegen. Sie suchten in ihren kleinen Leben den Griff nach den Sternen, und wenn das nicht möglich war, doch wenigstens den Sternchen auf dem deutschen Walk of Fame, Milchstraße cineastischer Illusionen. Die meisten von Ihnen würden die Show auf ihren Visionmastern verfolgen und sich für einen kurzen Moment in der Sonne des Glücks wähnen. Claudio würde live zugegen sein. Mit seinen geschäftlichen Beziehungen war es ein Leichtes, an die Karten zu gelangen.

Wie ein Ehrengast schritt er über den roten Teppich, auch wenn ihm die Presselichter wenig Beachtung schenkten. Drinnen war es nicht viel besser, er begegnete Frauen, die zusammenzuckten, als sie sich seiner Gewahr wurden, aber nicht grüßten. Sie waren mit ihren Ehemännern da. Die Einzige, die ihn freudestrahlend begrüßte, ein Glas Sekt in der Hand, war Anita Schneider. Sie war über alle Dinge erhaben. Im Tierreich genossen allein die Schnapsdrossel Narrenfreiheit. Kein Reporter würde sich fragen, woher sie ihn kannte. Anita kannte halb Hamburg. Sie glich einer Sternschnuppe, ein heller Kometenschweif, der vorüberzog. Und jeder wusste: da stirbt ein Himmelskörper. Diese Aura umgab sie auch heute Abend.

„Hast du gewusst dass die mich für mein Lebenswerk auszeichnen wollen?"

„Nein. Ich schere mich nicht um die Regenbogenpresse."

„Sehr vernünftig, mein Sohn. Du solltest diesen Lügnern nicht glauben."

Gierig leerte sie den Sekt runter.

„Musst du nicht später eine Rede halten?"

Anita betrachtete stirnrunzelnd ihr leeres Glas.

„Mach dir keine Sorgen. Ich war immer eine Kämpferin. Die stecke ich alle in die Tasche."

Und mit einer Geste, die die alte Dame von Welt wiederaufleben ließ, zog sie ihren Lippenstift nach, ohne Spiegel aber akkurat. Hut ab. Ein alter Hund verlernte nicht die Tricks, die sein Herrchen ihm beigebracht hatte. Aber dieser Hund hatte nie einem Herrchen gehorcht. Dieser Hund hatte immer nur auf seine eigene Schnauze gehört.

„Wir sehen uns später, Herzchen. Halt die Ohren steif."

Ihr raues Lachen hing ihm noch lange nach. Sein Magen grollte. Nichts gegessen den ganzen Tag. Dafür jetzt umso mehr. Die Schlacht ums kalte Buffet war eröffnet.

Zwischen Schinken und Ei teilte sich die Kluft, die die wirklich erfolgreichen Schauspieler von den Newcomern trennte, die sich eifrig die Manteltaschen vollstopften mit allem, was umsonst zu kriegen war. Claudio war über sie erhaben.

Er sah eine fleischige Hand, die sich ein Krabbenkanapee angelte. Als er den roten Stein des Siegelringes funkeln sah, wusste er sofort, wer neben ihm stand.

„Guten Abend, Herr Schirrmaier.“

„Ach sieh an, der junge Herr Savese. Die Zeit ist ein Fluss, nicht wahr? Und ihre zauberhafte Begleiterin die ich das letzte Mal in ihren Armen sah, ist sie zugegen oder brütet das arme Ding mit einer Grippe im Bett?“

„Michelle ist tot.“

„Oh. Das tut mir Leid. Manchmal gehen die Pferde mit mir durch. Ich wollte Sie nicht beleidigen.“

„Sie haben wirklich Recht, Zeit ist ein Fluss, Kadaver treiben auf ihm hinab bis ins Reich des Hades. Viel bittere Zeit ist vergangen.“

„Herr Savese, ich bereue meine Worte zutiefst.“

„Es besteht kein Anlass für Selbstvorwürfe. Die Angelegenheit ist noch zu frisch. Es fällt mir schwer, meine Gefühle im Zaum zu halten.“

„Mein herzliches Beileid also. Sagen Sie, wie ist es Ihnen so ergangen in letzter Zeit?“

„Nun, ich dachte daran, mich beruflich zu verändern.“

„Ach wirklich?“

„Ich habe immer schon davon geträumt, für Sie arbeiten zu dürfen. Mein Gesicht und mein Körper gehören auf den Laufsteg. Denken sie nicht, ich würde in einer Werbekampagne ein Produkt erst wirklich strahlen lassen? Wenn Sie möchten, kann ich Ihnen gerne meine Setcard zukommen lassen.“

„Sie belieben zu scherzen?“

„Wie bitte?“

„Ein Mann mit ihrer Vorgeschichte? Mein lieber Herr Savese, was glauben Sie? Ein jeder weiß, dass sie ihren Körper verkaufen. Und ich sehe nichts Edles in diesem Tun. Keine Agentur, die auch nur halbwegs klar bei Verstand wäre, würde Ihnen in dieser Stadt eine Chance geben. Verdammt, in ganz Deutschland nicht."
„Es tut mir Leid, dass ich Sie belästigt habe."
Ein Gong ertönte. Die Preisverleihung hatte begonnen. Claudio ließ sich mit der Masse treiben, er folgte der Menge in den Saal. Suchscheinwerfer, wie bei einem Angriff der Alliierten. Doch keiner, der sich auf ihn richtete. Eine Prozession in andächtiger Stille, wie die Besucher eines Kinofilms, die ihren Sitzplatz suchten.
„Sehr geehrte Damen und Herren. Mit Spannung erwarten Sie den lifetime achievement award. Dieses Jahr ist es besonders spannend. Nominiert sind…"
Stille im Saal, Scharren von Tausenden von Füßen auf Parkett.
„Katharina Soest… Anita Schneider… Roswitha Gonzales…"
Über die Großbildschirme flimmerten Filmausschnitte.
„And the winner is..."
„Anita Schneider! Zuletzt zu sehen in der ZDF-Produktion Altweibersommer."
Kunstnebel verhüllte die Bühne. Anita Schneider betrat die Bühne.

Dontcha push me away
I can heal your pain
I hope you stay
'cause there's more to gain.

I am the
money cunt money cunt money cunt
money counts all in this world.

I am so alone
Just when you go
Cold as stone
Although.

I am the
money cunt money cunt money cunt
money counts all in this world

Don't need more
to mind your sorrow
on the shore
life is burroughed.
money cunt
money cunt
money cunt.

Die Stille im Saal war greifbar, man hätte eine Stecknadel fallen lassen können. Ein neues Kapitel war aufgeschlagen worden. Von Filmgeschichte zu Chartsgetümmel. Geradezu zerbrechlich wirkte sie, als sie da vorne stand. Das gebannte Publikum vor den Visionmastern in ganz Deutschland verfolgte, wie sie nach vorne zur Gästecouch ging. Ihre weiße Abendrobe vermochte nicht darüber hinwegzutäuschen, dass sie vollständig betrunken war. Die Linse der Öffentlich-Rechtlichen vermied bewusst Nahaufnahmen, die ihre gerötete Haut unvorteilhaft gezeigt hätten. Sie war immer noch ein Zugpferd, eine unantastbare Reliquie.
Claudio war der einzige im Publikum, der ihr wirklich Anerkennung zollte. All die anderen krochen nur wegen längst vergangener Leistungen zu ihren Füßen.
Die Welle des Applauses fegte über Anita Schneider weg wie ein Zyklon. Der Boden unter ihren Füßen verschwamm, und sie konnte sich mit Müh und Not auf den Blumenrabatten fangen, die zur Ehrung der Prominenz ausgelegt worden waren. Claudio zuckte in seinem Sitz zusammen, gerne hätte er ihr geholfen.

Ich würde mich durchficken

Blue Moon bar mit Justin. Der einzige seiner Arbeitskollegen, dessen Gegenwart er wirklich zu schätzen wusste. Justin war das zweitbeste Pferd im Stall, vielleicht deswegen. Die anderen, Sergio und Marco, an vorderster Front vor allem Dannyboy, waren nicht gut auf ihn zu sprechen. Callboys unter sich sind Zicken vor dem Herrn. Es herrschte einer Hühnerhackordnung, wer mehr Kundinnen abkriegte, wurde von den Anderen geneidet. Claudio hatte keine Lust, in diesem Kindergarten mitzuspielen. Justin war da ähnlicher Ansicht. Die beiden waren den üblichen Streitereien nach der Personalbesprechung entflohen und hatten sich auf ein paar Drinks abgesetzt. Ein Taxi hatte sie in die Stadt mitgenommen. Über der Bar liefen auf mehreren Monitoren gleichzeitig die Programme. Zum Glück liefen die Tonkanäle nicht alle zusammen, Lautsprecherspots richteten sich auf verschiedene Sitzecken. Anita Schneider sang Money cunt.
„Sag mal, hattest du nicht bei der Alten einen Auftrag? Südstadt, das ist doch dein Gebiet. Halleluja, was für ein heißer Feger! Ihr Körper vergeht, aber du rammelst das Leben wieder in sie…"
„Verdammt, musst du so ein Arschloch sein? Du hast absolut keine Ahnung."
„Wieso?"
„Anita ist eine verbitterte alte Frau. Sie tut mir Leid."
„Stimmt es, dass sie soviel trinkt?"
„Und du fragst dich nie, warum? Was wird wohl aus uns, wenn unsere makellosen Körper die ersten Falten zeigen? Wenn unsere lockige Mähne in Büscheln ausfällt?"
„Dann lasse ich mich liften. Und Haare kann man ersetzen. Wozu gibt es Implantate?"
„Meine Hand streichelte über ihre Wangen. Unter dem Haaransatz verbergen sich zahlreiche Narben, die die Ansätze der diversen plastischen Operationen überdecken. Im Fernsehen kämmen sie ihr die Haare geschickt darüber. Ich habe sie ohne Schminke gesehen. Du kannst deine äußere Erscheinung wieder und wieder korrigieren, die Seele aber nicht. In ihrem Innern ist sie eine alte Frau, sie lässt nichts

mehr operieren, es erscheint ihr sinnlos. Glaub mir, wir kennen von den meisten Menschen nur das Gesicht was sie zeigen wollen. Wer ist denn noch echt?"

*

Schlaglicht: Claudio stand an die Wand gelehnt, von der Zigarette in seiner Hand fiel gerade Asche auf den Boden. Seine Hand war sprödes Holz, das Zittern unkontrollierbar. Die Welt hatte ihre Farben eingebüßt, nicht dass es irgendwen kümmern würde. Drei Meter entfernt lief die Welt in Technicolor weiter, da leuchtete ein Spot die Requisiten aus, da konnte man vor lauter Fleischgetümmel keine Menschen ausmachen. Auf dem Bildschirm flimmerte die Kopie der Realität. Deus ex Machina, dachte Claudio erschöpft. Er war nackt. Sein Schwanz geschunden und zusammengeschrumpft, was den ganzen Tag lang Thors Hammer sein musste. Justin rackerte sich redlich auf Juliette ab, der letzte Take vom Rudelbums war noch nicht im Kasten. Da glitt er aus ihr raus, und ejakulierte über ihren Körper, eine Flut von Maden ergoss sich, wuselte über die bleiche Haut, um die Verschiedene zur Brutstatt ihrer Nachkommen zu machen. Alles ohne einen Ton, Claudio machte sich jetzt Sorgen, ob er hier am Set zusammenbrechen würde. Er blinzelte, aber die Wirklichkeit wollte nicht zurückkehren. Zwischen Justins Lenden baumelte ein blutiger Dolch, wo aus biologischer Sicht ein Genital zu erwarten gewesen wäre. Hast du es endlich geschafft, was? Hast dir das Hirn rausgevögelt? Roger drückte ihm eine Tasse Kaffee in die Hand, die er hastig trank. Die heiße Flüssigkeit verbrannte ihm Mund und Lippen, aber verschaffte ihm gleichzeitig eine normale Sicht der Dinge.

*

„Die Pornobranche war nichts für unsereiner. Ich finde wir haben es gut getroffen, mit dem, was wir jetzt machen"

*

Du hast gut reden, dachte sich Claudio. *Hast du wirklich mit der Vergangenheit abgeschlossen? Bist du nicht mit Juliette verheiratet, die deinen Job toleriert? Ist dein Sohn wirklich von dir oder von einem Setpartner? Wie oft haben wir schon unsere Schwänze gemeinsam in irgendeinem Loch aneinander gerieben. Auch in der Fotze von deiner geläuterten Juliette. Jos Augen, braun wie die meinen. Ich will es nicht wissen, es ist dein Leben. Bin ich dir ein guter Freund? Und meine Weggefährtin, die sich jüngst aus meinem Erinnerung gestürzt hat? Nein, sie ist noch da. Ich habe schon wieder an sie gedacht. Warum lässt sie mir keine Ruhe? Weil die Totenruhe nicht für die Lebenden gilt.*

*

Ein paar Longdrinks später sank die Schamgrenze und sie ließen sich richtig gehen. Sie tickten aus.
„Ich würde mich ficken wenn ich könnte, ich täte mich durchficken!"
„Es soll sich die Haut mit der Lotion eincremen!"
Wechselweise brüllten sie sich diese beiden Sätze entgegen. Sie waren bei Zitaten aus Schweigen der Lämmer angekommen. Ein alter Filmklassiker der Sonderklasse. Nichtsdestotrotz stieß ihr Verhalten auf- gelinde gesagt- pikiertes Verhalten der Bargäste. Claudio drehte sich zu einem der feinen Schickimickipinkel um, drückte ihm ein Küsschen links und rechts auf und fragte ihn:
„Du würdest dich durchficken wenn du könntest, nicht wahr?"
Wie sich herausstellte, war sich der feine Pinkel sich nicht zu schade, eine Schlägerei anzufangen. Ehe sich Claudio versah, wurde er an den Schultern gepackt und auf den Parkplatz gezerrt, wo er einige üble Treffer abbekam, bis er schließlich zu Boden ging. Justin bestellte ein Taxi für sie beide und begleitete Claudio nach Hause, wo er ihn ins Bett brachte und selbst auf dem Sofa schlief.

*

Ein verkaterter Sonntagmorgen im Hause Savese. Claudio musste pinkeln, er ging ins Bad und stellte erst einmal erschreckt im Spiegel ein Prachtveilchen fest. Scheiße, so kann ich nicht zur Arbeit gehen! Er zog eine Schublade am Badschrank auf, wo er eine hautfarbene Abdeckcreme aufbewahrte, die er sonst nur anwendete, wenn eine Kundin gemeint hatte, sie müsste Bissspuren auf seinem Körper hinterlassen. Damit tupfte er den dunkelblauen Schatten weg, der sein Gesicht entstellte. So gewappnet, ging er ins Wohnzimmer, wo er den schlafenden Justin auf dem Sofa vorfand. Er zündete sich eine Zigarette an und schaltete den Visionmaster ein, ein bisschen MTV, seichte Popmusik zum Abchillen. Gähnend streckte Justin seinen Astralkörper im Türrahmen. Während er sich gemächlich die Eier kratzte, verweilte sein Blick auf der blubbernden Kaffeemaschine.
„Haste gestern was abbekommen.“
„Halb so schlimm.“
„Lass mich raten, Abdeckcreme. Glaubst du ich kenne deine Tricks nicht? War es L'oreal perfect cover?“
„Nein. Ich benütze nur Produkte aus der Garnier-Serie.“
„Bekomme ich auch eine Tasse Kaffee? Immerhin habe ich dich gestern nach Hause gebracht.“
„Kommt sofort. Sag mal, was haben wir denn gestern in der Bar veranstaltet? Und erzähl mir nicht, der Gorilla hätte mir grundlos die Fresse poliert.“
„Nee mein Lieber. Du hast ihn beleidigt.“
„Nicht schon wieder die „Ich würde mich durchficken“-Scheiße?“
„Was sonst?“
„Wenn ich zu viel intus habe, läuft es immer darauf hinaus. Verdammt noch mal!“
Der Schmerz kam klar und rein wie ein Kristall.
„0Ich sollte nicht brüllen, mein Kopf bringt mich um.“
Justin griff pflichtschuldig in die Tasche des Sakkos, das er gestern frischgebügelt angezogen hatte. Jetzt war es natürlich zerknittert. Er zauberte eine Packung Aspirin heraus, die Claudio dankend annahm.
„Also, was fangen wir mit dem angebrochenen Sonntag an?“

„Ich denke, erst einmal ziehe ich mir den Kaffee rein, dann noch eine Magnesiumbrausetablette, und dusche ausgiebig. Dann sehen wir mal."
„Wie wäre es mit einem gemütlichen Spaziergang im Stadtpark? Mir ist auch nicht nach allzu Umständlichen zumute."
„Klingt gut."
Und so verbrachten sie den Nachmittag gemütlich im Park, aßen eine Kleinigkeit bei McDonalds und gingen ihrer Wege. Eine neue Arbeitswoche war angebrochen.

Bube, Dame, König

Prinzengasse 110. Claudio kannte diese Adresse. Ganz Hamburg kannte sie. Er ließ den Wagen vom Hausangestellten parken. Frenzick selbst öffnete ihm die Tür.
„Guten Abend Herr Savese. Treten Sie ein."
Claudio zeigte weder Scheu noch Unsicherheit. Bei anderen Anlässen war er dem Bürgermeister schon begegnet. Frenzick hatte eine Bilderbuchkarriere hinter sich. Er entstammte einer alteinsessigen Familie von Großindustriellen. Im Senat war er aufgestiegen wie Luftbläschen in einem guten Champagner. Es wurde von Neidern viel gemunkelt, ob Geld im Spiel gewesen wäre. Ein paar Euro hier und da, um die richtigen Rädchen zu schmieren. Hamburg war ein hartes Pflaster, eine Stadt, die sich der Förderung des sportlichen Nachwuchses verschrieben und viele junge Boxtalente in internationale Arenen gebracht hatte. Dabei gab es Kämpfe, wo es für den Kontrahenten lukrativer erschien, zu verlieren, wenn ihm im Vorfeld eine gewisse Summe geboten wurde. Wenn man vor dem Mammon in die Knie ging, war es ein ehrenhafter KO. Frenzicks Wahlkampf war ähnlich verlaufen. Der scheidende Politveteran Henning, Kind aus einfachem Hause, wohnte nach seiner Politschlappe in einem gut ausgestatteten Prachtpalast mit Blick auf die Alster. Er hatte ausgesorgt.
Wenn in seiner Karriere auch nicht alles ganz koscher war, blieb es unbestritten, dass Frenzick seine Aufgaben gut erfüllte. Hamburg war während seiner Amtszeit zu einer der saubersten Städte Deutschlands geworden. Gleichzeitig wurden einige unseriöse Zuhälter auf dem Kiez festgenommen. Bei der Neubesetzung der Stellen wurden gute Freunde und Bekannte von Frenzick berücksichtigt. Er selbst hatte sich nie die Finger schmutzig gemacht. Inoffiziell war Frenzick längst zum König des Kiezes avanciert. So musste er nicht lange im Telefonbuch blättern, um die Nummer der Agentur zu finden. Die war in seiner Adresskartei gespeichert.
„Marla versicherte mir die Diskretion des jungen Mannes, den sie schicken würde. Darauf lege ich sehr großen Wert."
„Ich bin Geschäftsmann, wie sie. Alles, was wir besprechen, bleibt unter uns."

Seine Frau, eine Mittfünfzigerin mit den Gesichtszügen einer gepflegten Dreißigjährigen, betrat den Raum. Ihr Haarschnitt verbarg geschickt die Narben der kleinen Korrekturen, die ihr Gesicht hinter sich hatte. Ihre Oberweite war straff geblieben, der Hintern hing nicht. Überhaupt gab es so ziemlich nichts an ihrem Körper, was nicht von erfahrener Chirurgenhand modelliert worden wäre. Sie war laufendes Kapital. Die Frau hinter der Macht musste repräsentieren können. Ein Dekoobjekt am Rande der Politik. Claudio empfand Mitleid mit ihr.

„Schätzchen, gehst du schon mal nach oben, ja? Wir kommen gleich nach.“

Frau Frenzick schritt die Freitreppe mit einer verletzten Anmut hinauf. Sie warf noch einen kurzen Schulterblick in die Eingangshalle, dann war sie fort. Claudio schauderte. Diese Frau riss sich merklich zusammen, innerlich war sie bereits vollkommen ausgehöhlt und zerstört. Er sah die wahre Cornelia Frenzick, fernab der Kameras.

„Herr Savese, kommen wir auf den Grund ihres Hierseins zurück. Ich bin ein vielbeschäftigter Mann. Ich bin für das Wohl vieler Menschen verantwortlich. Wie auch für das Wohl meiner Frau. Leider setzen mir meine Aufgaben derart zu, dass ich ihr nicht mehr die Freude verschaffen kann, die sie benötigt. Deswegen habe ich mich an die Agentur gewandt.“

Er räusperte sich kurz.

„Sie macht sich gerade frisch. Gehen sie ruhig nach oben, erste Tür links nach der Treppe. Machen sie sie glücklich.“

Frenzick liebte seine Frau. Bloß bestand seine Vorstellung von Liebe darin, dass sie funktionierte. Wie sollte er diese Frau glücklich machen?

*

So wie sie da nackt auf dem Bett lag, wirkte sie schwach und zerbrechlich. Stellen waren sichtbar geworden, wo raue Falten ihr wahres Alter verrieten. Claudio blickte sich hilfesuchend um, bis er ein paar Teelichter entdeckte, die er entzünden konnte.

„Guten Abend, schöne Frau.“

„Guten Abend Claudio. Mein Mann schickt dich, nicht wahr? So zeigt er mir seine Zuneigung."

Verbittert lachte sie.

„Vergessen wir einfach diesen Teil. Ich sehe nur eine enttäuschte Frau, die sich nach Zuwendung sehnt. Die Zärtlichkeit vergessen hat. Die vergessen hat, ihren Körper zu schätzen, weil Niemand ihrer wahren Schönheit mehr Beachtung schenkt."

Claudios Verführungskünste siegten immer. Er wählte die Worte, die diese Kundin brauchte. Die Worte waren stets verschieden, taten jedoch dieselbe Wirkung. Cornelias Pupillen weiteten sich augenblicklich. Er hatte sie überrascht und gelockert. Claudio setzte sein charmantestes Lächeln auf und entkleidete sich. Mit einer Feder brachte er jede Faser ihres Körpers zum Vibrieren. Gänsehaut machte sich breit. Cornelia stöhnte leise. Als die Feder über ihren Venushügel glitt, verklebten die Fasern an der Nässe zwischen ihren Beinen. Claudio erkannte ihre Bereitschaft und streifte sich ein Kondom über.

Man könnte sagen, sie ritt mit ihm auf und davon. Ihr Geist war lange Zeit nicht mehr auf Reisen gegangen. Sie spazierten über eine Wiese in der Toskana. Grillen zirpten. Vom Meer wehte eine salzige Brise herüber.

„Siehst du das kleine Mädchen da drüben, wie es friedlich spielt? Das war ich, bevor ich fiel."

„Du bist gestürzt?"

„Ja, das bin ich. Dieses kleine Mädchen wird heranreifen, wird ihre Reize in einem rot beleuchteten Schaufenster zur Schau stellen. Sie wird für verschiedene Zuhälter arbeiten. Wird durch Schläge gefügig gemacht werden. Hier siehst du sie zwanzig Jahre später, mit verheulten blauen Augen. Hubertus zog mich da raus, polsterte die abgehalfterte alte Nutte wieder auf. Er hat dieses künstliche Geschöpf aus mir gemacht, was ich heute bin."

„Psst...ich fange dich auf."

Die Schlafzimmertür wurde lautlos geöffnet. Frenzick schlich sich herein, ein Dieb der Träume. Er zog sich ebenfalls aus, sah den beiden zu, während er im Rattansessel neben dem Bett onanierte. Der einzige Kick, der seinen müden Krieger wieder auf Zack brachte, war der Anblick seiner Frau, die von einem anderen Mann beglückt wurde. Claudio bemerkte ihn erst, als er ihn von ihm brutal heruntergezogen wurde, und dieser sich rüde auf seine Frau warf. In der Toskana war die Sonne untergegangen.

*

Frenzick hatte ihn zur Tür begleitet. Der Blick seiner Frau war am Ende ermattet, alle Mühen, die Claudio in sie hineingesteckt hatte, durch ihren Mann zunichte gemacht. Was hatte er hier vollbracht? Er hatte einem Egoisten zu einer Erektion verholfen, mehr nicht. Frenzick dankte ihm erneut für seine Diskretion und versicherte ihm weitere geschäftliche Kontakte.

*

Ohne es zu ahnen, bediente Justin dieselben Kundinnen wie Claudio. Marla hatte ihn vorgewarnt. Frau Arend war bekannt für ihre extremen Vorlieben. Sie liebte das frivole Ausgehen und junge Männer. Keine Bürschelchen; die hätten den Ritt mit ihr nicht überstanden, sondern richtige Männer. Wie es in den meisten Familien üblich war, hatte Justin mit seiner Frau und seinem kleinen Sohn zu Abend gegessen. Vater hatte einen Nachtjob, auch nichts Ungewöhnliches. Viele Väter arbeiteten im Schichtdienst.
Er traf sie auf dem Parkplatz eines Pornokinos. Sie erwartete ihn bereits in Highheels und Lackledermontur.
„Justin, oder?"
„Ja."
„Lass uns reingehen. Ich bin schon ganz heiß."
Innendrin war es irgendwie schmuddelig. Justin war nicht sonderlich erregt, aber da waren ja noch die geilen Filme, die sie zusammen ansehen würden. Zudringliche alte Lustgreise bedachten sie mit vielsagenden Blicken. Justin dachte an die Laufbänder, wie sie in internationalen Flughäfen anzutreffen waren. Er sah nach unten, auf seine Füße, um sicherzugehen, ob er nicht auf einem solchen stand. Seine Füße bewegten sich

62

weiter, er konnte aber nicht sehen, wo sie über den Boden schleiften. Justin wanderte auf Wolken. Die Aura der Fickfilme hatte ihn eingefangen. Und was, wenn sie einen seiner alten Streifen ausstrahlten? Wie würde Frau Arend reagieren? Er quälte sich mit der Angst, erwischt zu werden.
Der Korridor erstrahlte in schummerigem Licht. Gesichter waren schwer auszumachen. Dunkelheit als Kalkül. Sah man zu viel von den Gesichtern, konnte man eine Entscheidung noch mal rückgängig machen. Sah man zuwenig, würde man am Ende gar keine Wahl treffen. Frau Arend ging ihm voraus, als würde sie die Lokalität gut kennen. Sie zog ihn in eine Ecke muffiger Plüschsitze, wo er keine Wahl hatte, als dem Geschehen auf den Bildschirmen zu folgen. *Blowjob* erschien, der allerletzte Film, den er mit Juliette gedreht hatte.
„Sag bloß. Hattest du etwa eine Filmkarriere?"
Justin schwieg sich aus. Damals war er stolz gewesen auf jeden Film. Wo er ein junger Hamburger Hengst gewesen war, der alles für Geld machte. Auf dem veralteten DVD-player erschien Juliettes Gesicht in Großaufnahme, wie sie gerade seinen Schwanz lutschte. Der Inzest wiegte fürchterlich, er sollte eine Kundin bedienen und sich mit seiner Frau gleichzeitig auf der Leinwand sehen. Sie hatten immer der ganzen Welt etwas vorgefickt, aber wer hatte es ihnen geglaubt? Auf der Fläche des Visionmasters waren sie vielleicht nicht authentisch genug, aber in der Realität, wo er über Frau Arend drübersteigen musste, verflossen Phantasie und Realität zu einem unangenehmen Konsens. Er merkte, wie sie gierig an seinem Schritt rieb. Und so liebten sie sich. Mit den Abbildern auf der Leinwand vor sich. Er betrog Juliette mit ihr, er betrog sich selbst. Die Lustgreise scharten sich um sie, wichsten ihren Kommentar zum Akt. Justin legte sich ins Zeug, nahm sie durch, so fest er konnte. Er bemühte sich, seinem Konterfei gerecht zu werden. Erwartete sie jetzt dieselbe Leistung von ihm wie als Darsteller, wo sie den Film gesehen hatte? Nie würde er es erfahren. Es schickte sich nicht, zu fragen. Der Handel lebte vom Konsum. Er musste es runterbrechen auf jeden Fick. Gerade finanzierte er das neue Jugendzimmer seines Sohnes. Oder die Einkäufe der nächsten Woche. Egal. Er brachte seine Familie durch.

Der Fernseher in einem Elektrowarengeschäft zeigte Anita Schneiders Gesicht. Vor Claudios Augen dehnte es sich aus, die Grobkörnigkeit nahm zu. Das Weiß in ihren Augen dehnte sich zu einer anklagenden Schneewüste, in der einige Flocken in die finsteren Schatten ihrer Pupillen tanzten. Plötzlich öffnete sich ihr Mund zu einem Schrei, der nur in seinem Kopf stattfand. Claudio drückte sich die Hände vor sie Ohren, er selbst glich Munchs Gemälde auf unheimliche Weise. Schwer atmend schloss er die Augen. Nach einer halben Ewigkeit wagte er es, sie wieder zu öffnen.
Passanten beobachteten den Mann im verschwitzen Leinenanzug unverhohlen. Der sich nun mit einer zittrigen Geste die Falten aus dem Gewebe strich. Als wäre er eigentlich in eine Filmleinwand gehüllt. Hatte er nicht mehr als nur einen kleinen Film geschoben? Und wie schön sie war, die Wirklichkeit, die ihn da erwartete. Der Film mit Anita Schneider war vorbei, es kam eine alte Folge Pitchfork Alley, absurd verkrüppelte Comicfiguren, die sich bis aufs Messer hassten und keine Scheu kannten, dies auch zu zeigen. Komisch, er konnte sich nicht erinnern wie er sich auf die Zunge gebissen hatte, dennoch hatte er den Geschmack von Blut im Mund.

Rudeltiere

Männer waren Nippeltiere. Frauen waren Eutertiere. So oder ähnlich schoss es Claudio später durch den Kopf. Doch da war er schon mittendrin.
„Hallo Großer, bist du fit?"
„Ich denke schon."
„Dann schreib dir mal eine Adresse auf."
„Kleinen Moment."
Rasch eilte er in die Küche, um Stift und Papier zu holen.
„Ich bin soweit."
„Also: die Adresse lautet Palais 117. Die Villa von Gräfin Margarethe
von Eichendorff. Deine Auftraggeberin hat darum gebeten, dass du den Dienstboteneingang nimmst. Sie möchte nicht für allzu viel Wirbel sorgen. Sie gilt als eine geachtete Institution."
„Was für eine Institution? Ich kenne sie nicht."
„Bloß weil du nicht die gängigen Schmierblätter liest. Glaub mir, sie ist bekannt."
„Gut, gut. Um wie viel Uhr soll ich da sein."
„Einundzwanzig Uhr dreißig."
„Okay, Marla."
„Ach, Claudio?"
„Du kennst ja die feine Hamburger Gesellschaft. Zieh dir einen Smoking an."
„Mache ich."
„Darunter trägst du am besten deinen Ledertanga. Steck ein gutes Dutzend Kondome ein und rechne mit Allem."
„Marla, was ist das für eine Party?"
„Frage mich später, wenn es vorbei ist."
Bumm. Sie hatte aufgelegt. Ließ ihn allein mit seinen unruhigen Gedanken. Und dem Zyklus der ständig wechselnden, neuen Gesichter. Stammkundschaft war ihm um Längen lieber. Doch Marla trieb dagegen. Sie wollte immer neue Märkte, neue Zielgruppen erschließen. Er war fester Bestandteil der Hamburger Gesellschaft geworden. Doch wenn die Reste vom kalten Buffet abgetragen wurden, wollte sich keiner mehr an ihn erinnern. Er war wie die

Käsehäppchen, die an den Rändern hart und trocken wurden. Die Menge war satt. Wir lebten im Wohlstand, jedenfalls die oberen Zehntausend. Leute wie er waren nur die besseren Wasserträger. Snacks Champagner… und sexuelle Ausschweifungen. In genau dieser Reihenfolge wurde er auf solchen Empfängen gereicht. Wenn man es so wollte, war er Bestandteil des Caterings.

Der Dienstboteneingang roch muffig, wie der Staub von Generationen von Hilfskräften, der sich auf den Bodenfliesen niedergelegt hatte. Neonröhren brannten schmerzhaft in seinen Augen. Der Butler führte ihn die Stiegen hoch, die Kacheln waren einem sterilen grünen Teppich gewichen. Schließlich führte eine Stahltür sie in das Erdgeschoss. Oben, von der Galerie, hörte Claudio bereits das Rauschen der sich überschlagenden Stimmen. Das dämliche Partygeplänkel, das er so gut beherrschte. Immer noch schritt der Butler vor ihm her, der ihn schließlich auch in den großen Festsaal führte. Claudio folgte ihm aufrecht, selbstbewusst, obwohl es nicht im Entferntesten den Gefühlen in seinem Inneren entsprach. Ein Anderer hätte verschüchtert auf die Präsenz der ganzen Prominenz reagiert, nicht so aber Claudio. Er bewegte sich wie in Wasser, fließend. Er war in seinem Metier. Wäre da nicht die Brandung gewesen, er hätte nichts zu befürchten gehabt. Sie schwemmte bereits an seine Ohren. Schwingungen, die seinen Gleichgewichtssinn durcheinander brachten. Hass trieb ihn an. Heute Morgen hatte die Polizei eine weitere Leiche gefunden.

Sein Kundenstamm schrumpfte. Mit einer der Gründe vielleicht, warum Marla ihm neue Käuferschichten besorgte. Und seine Wut anstachelte. Wann würde er in ein normales Leben zurückkehren? Er musste das Schwein zur Strecke bringen, welches sein Leben zerstörte. Und gleichzeitig fragte er sich, wie Marla einfach so zum normalen Geschäftsgeschehen übergehen konnte. Sie hatte die Morde so selbstverständlich integriert, als wäre seine Kundschaft schon immer eines unnatürlichen Todes gestorben. So gesehen, konnte sie einfacher mit den Geschehnissen umgehen als er. Oder war sie nur, nach all den Jahren im Geschäft, wesentlich kälter geworden?

„Guten Abend, werte Dame."

Er küsste der Gräfin die Hand. Dabei war er sich des widerlich prahlerischen Rings bewusst, der ihre Hand schmückte. Er küsste ihn, als wollte er eine Audienz beim Papst initiieren.

„Ihr Kommen freut mich zutiefst, Claudio. Möchten Sie sich nicht ein wenig am Buffet bedienen? Wir kommen später gerne auf Sie zurück."

Es gab ja auch nichts Anderes, was er hätte tun können. Also zog er los, sich den Magen vollzuschlagen. Das Schönste an Terminen dieser Art war das gutsortierte Buffet. Für lau schlug er sich gerne den Magen voll. Da waren kleine, aber delikate Hummerhäppchen. Klassisch-deutsche Schinkenröllchen. Französische Käsespezialitäten. Krabbensalat. Eipasteten. Frikadellen. Von allem probierte er ohne große Hast. Sein Körper war an rigoros proteinhaltige Kost gewöhnt. Wie Heinz, sein damaliger Pornoproduzent, ihm einst gesagt hatte, gab das „ordentlich Tinte auf dem Füller". Was in seinem Beruf außerordentlich wichtig war. Eine angemietete Band spielte Popklassiker als Easy-listening-Varianten. Musikstücke dieser Art waren vor zwei Jahren als neue Modewelle aus den USA rübergeschwappt und machten sich diesbezüglich besonders auf den Festivitäten der oberen Klassen breit. Spötter nannten sie den „kapitalistischen Hintergrund".

Wie Treibgut, welches an die Brandung schlägt, kam er mit unterschiedlichen Leuten ins Gespräch, es blieb nie etwas davon hängen, aber er fühlte sich wohl so, wie es lief.

Der stumme Diener tippte ihm auf die Schulter und hieß ihm mit einem Kopfnicken zu folgen. Also bewegte er sich die große Freitreppe hoch zu den Schlafzimmern. Ein letzter Blick die Balustrade hinab ließ ihn erschaudern. Gewiss, die Party war in vollem Gange. Dennoch schien ein Moment in der Zeit stillzustehen. Claudio spürte das Kribbeln auf seiner Haut, als ihre Blicke ihn gierig suchten. Er wurde abgeführt wie das Opferlamm im Tempel. Für das Allgemeinwohl. Für eine gute Ernte. Um böse Geister zu vertreiben. So wie Babylons letzter Wächter. Kurz bevor er sprang. Oder wie Michelle, kurz bevor sie sprang. Wenn es denn je aus freiem

Willen geschah. Anita Schneider hatte ihren Tod herausgefordert, das wurde ihm jetzt klar. *Wünschte, ich wäre klüger gewesen*, dachte er. *Warum strecke ich ihnen nicht gleich meine blanke Kehle entgegen?* Weil sie mehr von ihm wollten. Sie wollten seinen Körper, seinen Sex. Er war der letzte Schweinepriester eines aussterbenden Zeitalters, und sie würden seine Kommunion im Schweiße ihres Angesichts erfahren. Die traditionellen partnerschaftlichen Werte waren seit langer Zeit in Auflösung begriffen. Claudio war nicht derjenige, der die Wende herbeiführen konnte.

Die Ausstattung des Raumes ließ mehr an einen Swingerclub als an ein adeliges Schlafzimmer denken. Die Wände waren dick mit mitternachtsblauem Plüsch bezogen. Ein Netz aus LED's erweckte den Eindruck eines künstlichen Sternenhimmels. Die gepolsterten Liegewiesen waren mit beigem Satin bezogen. Was wohl der Innenarchitekt bei der Auftragserteilung gesagt hatte? Bestimmt hatte er eine Verschwiegenheitspauschale erhalten. (Wie sich später herausstellte, gehörte er ebenfalls zu den Gästen des heutigen Abends.)

„Hallo Claudio. Magst du dich nicht zu uns gesellen?"

Die Gräfin hauchte ihm die Einladung aus der Horizontalen zu, ein Buchhaltertyp mit fahlen Arschbacken ackerte zwischen ihren langen Beinen. Schweiß perlte auf seinem kahlen Schädel. Seine randlose Brille war ihm bis zur Nasenspitze gerutscht. Da, er schob sie mit einer wichtigtuerischen Geste den Nasenrücken wieder hoch. Strumpfbänder sprangen, und die losen Bändel wippten bei jedem Stoß. Sex wie ein Erdbeben. Und nun sollte er, der er auf sicherem Boden stand, und dem auf See und im Flugzeug meistens schlecht wurde, in diese Höllenkiste mit einsteigen. Vorsichtig näherte er sich, streifte im Laufen den Ledertanga ab und positionierte sich so, dass sein Schaft bequem in den Mund der Gräfin glitt. Gleichzeitig versuchte er den fiesen Buchhaltertyp aus seinem Verstand zu drängen, der ihm nahezu gegenüber war. Welle für Welle sauren Mundgeruches pustete er zu ihm herüber. Ein Ekel auf Beinen. Welche vernünftige Frau machte für so was die Beine breit? Doch er wusste es besser. In Swingerkreisen war gutes Aussehen eher eine Ausnahmeerscheinung. Es ging um Masse, nicht um Klasse. Im Grunde genommen vergeudete er seinen schönen Körper hier nur. Es war Perlen vor die Säue geworfen.

Er würde nicht gehen. Er war gebucht. Bis der letzte Tropfen Samen aus ihm herausgemolken, bis die letzte Möse unter ihm gezuckt hatte würde er den Gästen zur Verfügung stehen.

Sein Knochen hatte zu pulsieren begonnen. Was die Gräfin auf neue Ideen brachte.

„Bitte fickt mich, ich brauche euch beide gleichzeitig in mir!" Unbehagen erfüllte Claudio. Er würde unvermeidlich dabei den Glatzkopf berühren müssen. Ihre Eier würden gegeneinander schaukeln. Im Visionmaster, da hatte er kürzlich einen Schwimmer gesehen. Zum großen Wettkampf hatten sich alle auf den Startblöcken aufgestellt, und die Schwimmbrillen übergezogen, bevor sie sich in die Fluten stürzten. So wie er jetzt den Pariser. Im Kopf hörte er den Startschuss, und wollte sich gerade in seine Kundin schieben, als sie die Bahn seines Schlägers korrigierte. Der Golfspieler schlug ins Leere, die Spielbahn hatte sich geändert.

„Ich will euch beide in meinem Arsch spüren."

Schauder. Ihre Schwänze würden in dem engen Loch direkt aneinander reiben. Gott, was tat man nicht alles fürs Geld.

*

Es war vorbei. Die Gräfin verrieb das Sperma der beiden Herren auf ihrer Brust. Eine Dienstmagd erschien, eine Asiatin die ihnen mit geradezu unverschämter Diskretion starken Kaffee aus einer dampfenden Edelstahlkanne servierte. Warum spürte sie nichts in ihren Händen? Diese müssten doch längst verbrannt sein. Ihr Blick ruhte auf dem Tablett mit Tassen, welches sie auf dem kleinen Beistelltischchen abstellte. Ebenso unauffällig wie sie aufgetaucht war, verschwand sie auch wieder. Die ewige asiatische Demut. Egal was du angestellt hast, die Asiatinnen vergaben dir mit ihren seelenvollen Mandelaugen. Claudio wurde wieder spitz. Am liebsten hätte er die Magd gevögelt. Andere Partygäste hatten ebenfalls den Weg nach oben in die privaten Gemächer gefunden, und entkleideten sich vor seinen

Augen. Hände griffen nach seinem Körper, streichelten über seinen Brustkorb, kneteten seine Hoden, wichsten seinen Schwanz. Seelenlose Hände, deren Besitzer im schwummerigen Licht miteinander verschmolzen. Er wusste nicht mehr, wer ihn berührte. Zeit und die Ewigkeit waren eins. Es war ihm egal. Zen und die Leere. Für die innere Ruhe. War er nur noch Yin und Yang. Stab und Loch. Er wälzte sich über Dutzende von Körpern. Wenn sein Geist stark blieb, konnte er seine Erektion halten. Er dachte an Marlas Preisliste. In solchen Fällen galt wohl der Mengenrabatt. Die alte hanseatische Krämerseele. Zweihundert Euro pro Person. In der Stunde. Ab zwei Kunden einhundertfünfzig. Für höhere Zahlen gab es keine Referenzrabatte. Er kassierte einfach den normalen Gruppentarif. Wie Großfamilien im Vergnügungspark. Die bekamen auch Rabatt. Im Geiste fertigte er eine Strichliste an, nach der er die Rechnung für den Abend ausstellen würde. So kehrte er wieder ins Geschehen zurück. Weil er Kunden abzählen musste, gewann die Wirklichkeit wieder an Konturen. Er lag auf einer Redaktionsleiterin des Hamburger Abendblatts, als sein Arsch gestreichelt wurde. Es blieb ihm nicht viel Zeit, sich über die Finger an seiner Pforte Gedanken zu machen, bis ein Schwanz in ihn hinein glitt. Schmerz durchzuckte ihn, er hatte diese Sorte Jobs lange nicht mehr gemacht. Und auch an so einem Abend der zügellosen Lust gab es Grenzen, war alles im Voraus mit Marla abgesprochen, welche Dienstleistungen gebucht wurden. Verdammt, Marla wusste, dass Arschfick nicht mehr zu seinem Repertoire gehörte. Für Elo, gewiss, aber das war ein alter Geschäftskunde, dem man diesen Wunsch nicht abschlagen konnte. Außerdem zahlte er weit über Tarif, nur um einen Schönling wie Claudio zu besitzen. Er wurde sich seines gesellschaftlichen Stellenwerts wieder bewusst, in dem Moment, als Heinrich Stahlgruber, einer der größten Wirtschaftsbosse Hamburgs, ihn von hinten nahm. Er war ein Nichts, für seine Kunden war er alles. Marla würde ihm büßen für diesen Abend.

*

Als er endlich nach Hause einkehrte, schmerzte sein ganzer Körper. Er wollte nur noch schlafen. Ohne Träume. Um Himmels willen, ohne Träume. Wie Goya schon sagte, der Schlaf der Vernunft gebiert die Ungeheuer. Er fiel total erledigt ins Bett, doch seine Bitten blieben nicht erhört, als er gegen acht Uhr morgens aus einem Alptraum hoch schreckte, und sich an der Bettdecke festklammerte, als könnte sie ihn retten. Da war kein menschliches Wesen bei ihm geblieben, das ihn in seiner Not hätte halten können.

*

Inspektor Neuss war verärgert. Vor drei Jahren hatte er das Rauchen aufgegeben, doch heute galt die Parole: Scheiß drauf.
„Derger, haben Sie eine Zigarette für mich?"
„Aber Chef, ich dachte, sie rauchen nicht?"
„Kümmern Sie sich um ihren Kram."
Derger biss sich auf die Lippen und reichte seinem Vorgesetzten eine Zigarette. Er tat sich noch schwer, ihn einzuschätzen. Mit seinen ehemaligen Kollegen der Davidswache hatte er über mehrere Jahre zusammen-gearbeitet. Da hatte er ein gewisses Gespür für ihre Gemütslage entwickelt. Neuss war ihm ein Rätsel. Er hielt ihn vorerst für einen Brummbären. Wenn er schlecht drauf war, ging man ihm besser aus dem Weg. Irgendwann würde sein Zorn verraucht sein, und man konnte wieder mit ihm umgehen.
Neuss fand in der obersten Schreibtischschublade ein altes Streichholzheftchen vom Hafenrestaurant. Der Schwefel, der auf den dünnen Holzspießchen haftete, hatte sich zum Glück nicht verbraucht. Bereits sein erster Versuch wurde mit einer rotgelben Flamme belohnt. Der Rauch stieg ihm sofort zu Kopf, eine heitere Leichtigkeit breitete sich in ihm aus. Seine Lungen, nunmehr an reine Luft gewohnt, reagierten äußerst undankbar. Nur zu gut erinnerte ihn der Hustenreflex an seine Jahre als Kettenraucher. Einer der Gründe, warum er es aufgegeben hatte. Und nach dieser Zigarette würde er es auch

gleich wieder sein lassen. Hoffte er jedenfalls. Aber er wusste es besser. Die ersten Züge, die sich zu seiner Lunge durcharbeiteten, brachten einen gehörigen Schwall Nikotin mit, der sich augenblicklich in seinem Körper verteilte. Sofort fügte sich das Wirrwarr in seinem Kopf in kristallklare Bahnen. Noch bevor der Tag zu Ende war, würde Inspektor Neuss am nächstbesten Automaten eine 20er Packung gezogen haben und wieder süchtig sein wie einst zuvor. Zum Glück erwartete ihn niemand zuhause, der über seinen Rückfall spotten konnte. Seine Frau lebte seit drei Jahren getrennt von ihm. Zwei Dinge hatte er damals aufgegeben: Seine Ehe und das Rauchen. Dabei war es ihm schwergefallen, gerade in dieser schweren Zeit auf Glimmstängel zu verzichten. Letzten Endes hatte er es als Selbstbestätigung empfunden: die Lossagung von zwei schweren Lastern. Etwas stieg in ihm auf, aber es war kein zynisches Lachen, sondern nur ein Schwall bitterer Magensäure. Sein Hausarzt, der Flachwichser, sagte ihm seit Jahren ein Magengeschwür voraus, was nie eingetreten war. Neuss brauchte den Stress. Renate offensichtlich nicht. Sie war seiner Arbeitszeiten überdrüssig geworden. Sein Fehler. Den er sich schließlich eingestand. Dass er sich mehr Zeit für Renate und ihren gemeinsamen Sohn Johannes hätte nehmen sollen. Aber der Schichtdienst ließ ihm nicht allzu viel Gelegenheit dazu. Sie schliefen selten miteinander, aber als sie dann so füllig geworden war, war ihr Liebesleben ganz abgebrochen. Er konnte sich nicht mehr erinnern, wann er das letzte Mal mit ihr geschlafen hatte. Es fehlte ihm nicht wirklich, der Stress auf der Arbeit hatte eine viel wichtigere Rolle eingenommen. Dann eines Tages, als er in Renates Handtasche einen Kugelschreiber suchte, fand er sie: Die Visitenkarte der Agentur. Ein Blick auf ihr gemeinsames Konto bestätigte seine schlimmsten Vermutungen. Seitdem hatte er ein Hühnchen mit Frau Stadehorst zu rupfen.
Jedes zweite Wochenende sah er den kleinen Johannes. Seine Exfrau nur zwischen Tür und Angel, wenn er seinen Sohn abholte. Renate hatte die ersten grauen Strähnen bekommen. Vielleicht fiel es nur ihm auf, weil er sie so gut kannte. Denn unter der perfekten Haarfarbe wuchs der graue Ansatz durch.

Er hatte es versaut. Das ganze Familienmodell. Nun zahlte er Unterhalt für sein eigen Fleisch und Blut, für das er nie soviel Zeit aufwenden konnte, wie er es eigentlich wollte.

Asche regnete auf seine Hose. Ach ja, abaschen. Schon vergessen. Er war wieder zum Raucher geworden. Er lernte schnell.

Die Leiche von Cornelia Frenzick wurde im Beyestieg 15 gefunden, nur nachlässig versteckt in einem öffentlichen Müllcontainer. Anwohner hatten erst die Müllabfuhr angerufen, um sich über den widerlichen Gestank zu beschweren. Diese wiederum hatte Neuss angerufen, damit er den Dingen auf den Grund ging. Die Leiche, die er vorfand, lag schon seit mehreren Tagen. Minutenlang hatte er in seinem Dienstwagen gewartet, bis der Bordcomputer das eingegebene Genmaterial identifiziert hatte. Als er den Namen auf dem kleinen Bildschirm las, zuckte er innerlich zusammen. Wäre die Verstorbene bloß weniger bekannt gewesen! Er hatte einen ausgewachsenen Skandal aufgespürt. Die Presse würde sich auf den Fall stürzen und ihn dabei mitzerren. Hin oder her, er würde sich auf den Weg in die Prinzengasse machen müssen. Er musste

a) Hubertus Frenzick über den Tod seiner Frau unterrichten.

b) Ihn nach den möglichen Hintergründen zu befragen.

c) Den Reportern gegenüber Stillschweigen bewahren und die Angelegenheit

    später als einen natürlichen Tod darstellen.

Nichts davon erfreute ihn wirklich. Schon zu anderen Gelegenheiten hatte er mit Frenzick gesprochen. Er konnte diesen Mann einfach nicht leiden. Zum einen lagen Themen in der Luft, die einfach nicht angesprochen wurden. Weil ein jeder Hamburger, der sich nur halbwegs informierte, über dessen Vergangenheit Bescheid wusste. Inklusive des Milieus, in dem Carola Frenzick großgeworden war. Aber wenn er es offen aussprach, spielte er mit dem städtischen Etat, den Frenzick bewilligte. Scheißzwickmühle.

„Guten Abend. Herr Frenzick?"

„Ja?"

„Ich habe schlechte Nachrichten für sie. Ihre Frau ist gestorben. Über die genauen Todesursachen können wir Ihnen derzeit noch Nichts sagen. Sie verstehen, die Ermittlungen laufen noch. Darf ich eintreten?"

„Bitte, nur zu."

Neuss trat herein. Er musterte das Rechaussé, konnte aber nichts Verdächtiges feststellen. Ihm ging es um Informationen. Trauer war ihm egal. Auch wenn er aus beruflichen Gründen darauf Rücksicht nehmen musste.

„Es ist mir äußerst unangenehm, aber ich muss Ihnen einige Fragen stellen."

Frenzick zeigte keine Tränen. Hatte er sich so gut unter Kontrolle? Oder empfand er so wenig für seine Frau?

„Hatte ihre Frau irgendwelche Feinde?"

„Nicht dass ich wüsste."

„Laut dem Gerichtsmediziner verstarb sie vor zwei Tagen. War es üblich, dass sie so lange fortblieb, ohne sich zu melden?"

„Sie war oft außer Hause, aber ich habe sie nie gefragt, wo oder mit wem sie ihre Zeit verbrachte. Ich vertraute ihr zu sehr."

Dreist log er ihm ins Gesicht. Er sah es daran, dass er ihm nicht mehr direkt in die Augen sah. Er blickte irgendwohin, bloß nicht mehr in Inspektor Neuss Augen. Rechts oben, wo sein Blick sich hinwendete, war die Wahrheit jedenfalls nicht zu finden.

„Erzählen Sie mir nicht die Geschichte vom Pferd. Die ganze Angelegenheit stinkt zum Himmel. Mal unter uns: die Presse wird sie auseinander nehmen wie eine Weihnachtsgans. Legen Sie sich nicht noch selbst Steine in den Weg."

„Herr Inspektor. Die Presse steht auf meiner Gehaltsliste. Und nebenbei, die Polizei auch. Warum sträuben Sie sich, für mich zu arbeiten?"

„Weil sie ein verdammtes Arschloch sind."

„Hüten Sie ihre Zunge. Ich kann meinen Einfluss auch gegen Sie einsetzen."

„Scheren Sie sich zum Teufel, Frenzick!"

Neuss hatte genug. Er machte auf dem Absatz kehrt.

*

Aus einem Stein konnte man kein Wasser. Vielleicht hatte er bei seinem geheimen Informanten Steinmann mehr Glück. Wenn einer wusste, was in dieser Stadt am Laufen war, dann er.

„Sag mir alles, was du über Frenzick weißt. Ihn oder seine Frau. Am liebsten wären mir Informationen über seine Frau.“

„Cornelia arbeitete früher als Prostituierte.“

„Für mich nichts Neues. Was ich von dir brauche, sind aktuellere Informationen.“

„Du weißt, ich beobachte ihr Anwesen schon länger.“

„Komm endlich auf den Punkt! Oder willst du nicht? Was zahlt dir Frenzick denn?“

„Chef, alles okay bei Ihnen?“

„Vergessen Sie's. Scheißtag heute.“

„Die Frenzicks hielten weiterhin Kontakt zum Rotlichtmilieu.“

„Das pfeifen doch schon die Spatzen von den Dächern.“

„Ich kenne die Freunde der Familie ganz gut. Die einen durch das Objektiv meines Fernglases, aber viele auch persönlich. In den letzten Tagen sah ich allerdings einen mir unbekannten jungen Mann auf dem Anwesen.“

„Kannst du mir eine kurze Beschreibung von ihm durchgeben?“

„Besser. Ich habe ihn fotografiert. Ich schicke dir die Daten gleich rüber.“

*

Neuss war enttäuscht. Steinmann hatte sich große Mühe gegeben, nicht entdeckt zu werden und dennoch ein passables Bild hinzubekommen. Was ihm leider nicht gelungen war. Auf dem unscharfen Schemen konnte er nur einen Bruchteil des Gesichts erahnen. Ein Hinterkopf wie Tausende. Scheiße. Heute kam nichts Vernünftiges mehr heraus, das hatte er im Urin. Feierabend.

*

Anita Schneider war in den Nachrichten. Doch dieses Mal moderierte sie nicht, sondern war selbst zum Thema geworden. Es begann als ein Gerücht in den Gängen des Fernsehsenders. Binnen weniger Stunden hatte es sich von der Kantine aus durch alle Büros durchgesprochen. Als die Rezeptionistin den Anruf der Polizei durchstellte, kam die tödliche Gewissheit. Programmchef Holzer tat das einzig Richtige, was ein Mann seiner Position hätte tun können: er schickte sein bestes Kamerateam und Außenreporterin Sörenke zum Tatort. Dann erst kamen die Tränen. Auch wenn es nicht die angemessene Stunde dafür war, goss sich einen doppelten Whisky ein. Anita hätte es gutgeheißen. So wartete er, bis seine Mitarbeiter mit dem Bildmaterial zurückkamen. Er blickte auf die Uhr und kalkulierte grob, wie lange der Schneideraum wohl brauchen würde, bis das Material on Air gehen konnte. Er hoffte, dass nicht andere Journalisten schon Wind von der Sache gekriegt hatten. Achtundzwanzig Jahre hatte sie für das ZDF gearbeitet. Wenn die Konkurrenz als erstes von ihrem Tod berichten würde, könnte er es sich nie verzeihen. Soviel war er ihr schuldig.
Um neunzehn Uhr dreiundzwanzig unterbrach eine Sondersendung das übliche Tagesprogramm des zweiten deutschen Fernsehens. Es folgten erste Aufnahmen von ihrer verwahrlosten Wohnung, in der die Leiche gefunden wurde. Dem aufmerksamen Zuschauer konnten die leeren Schnapsflaschen, die quasi überall verstreut lagen, nicht entgangen sein. Frau Sörenke war nicht weiter überrascht. Wenn Anita vor ihr in der Maske war, roch es immer penetrant nach Alkohol. Es war ein offenes Geheimnis, das die Schneider ein kleines Problem hatte. Sie brachte die Menschen vor den Visionmastern da draußen zum Einschalten. Deshalb wurde sie vom Sender trotzdem gehalten. Keiner hatte sie privat gekannt. Nicht mal Jürgen Müller, ihr Co-Moderator. Gewiss, zu den Weihnachtsfeiern war sie immer erschienen. Und spätnachts sternhagelvoll mit dem Taxi nach Hause gekehrt. Letztes Jahr hatte sie eine Ausnahme gemacht. Da war sie so betrunken gewesen, dass sie in der Besenkammer im ersten Stock genächtigt hatte. Am Morgen wurde sie vom Hausmeister gefunden. Aber private

Kontakte zu ihren Kollegen hatte sie nie unterhalten. Müller las mit fahlem Gesicht die Nachricht vom Teleprompter ab. Auf die Tagesthemen folgte eine Sondersendung über ihr Leben. Ihre treuen Fans konnten sich mit „Babylons letzter Wächter" in einen unruhigen Schlaf wiegen. In den folgenden Wochen würden ihre Filme zu bester Sendezeit wiederholt werden. Holzer hatte gegen Zehn Uhr bereits Programmchef Lepent von Arte in der Leitung. Er plante eine Retrospektive. Holzer war einverstanden. Die Beiträge seines eigenen Senders könnten der Krankheit Betriebsblindheit anlasten fallen. Lepent würde polemischer und kontroverser an die Sache rangehen. Sollen sie doch machen, die Franzosen, dachte er sich.

*

Sie haben neue Nachrichten.

Claudio machte gerade Updates diverser Programme, um mit dem technischen Standard mithalten zu können. Eine Tätigkeit, die ihm in Fleisch und Blut übergegangen war. Ob es Marlas Antwort auf seine Mail war? Er hatte sich bei ihr über den Abend im Palais beschwert. Kugelstoßen oder Dreikampf, von mir aus. Ringen oder Bockspringen. Aber Arschfick war nicht mehr seine Disziplin.

Anita spielte in großen Streifen, sie starb in kleinen Streifen, erlegt durch
mein Jagdmesser. Du bist gut, bring mir weitere… mir dürstet nach Blut.

David

Kalt lief es ihm den Rücken herab. Das Monster bekam einen Namen. Was für eine kranke Seele! Nun schwang bei jedem Auftrag die Angst mit, David ein weiteres Opfer zuzuspielen. So konnte es nicht weitergehen. Er wollte kein Komplize dieser Machenschaften sein.

Blut ist dicker als Wasser

In der Küche der Brunswicks schwelten alle Wohlgerüche des Okzidents. Sehnsüchtig warteten die Verwandten im Esszimmer darauf, dass Agnes die Speisen auftrug. Nach der Fischsuppe kam der Rinderbraten mit Sahnekartoffeln, danach eine Schüssel Eis für jeden. Sarahs Oma hatte war nach nebenan gegangen, um sich eine Extraration Insulin zu spritzen. *Oma geht fixen*, juchzte Sarah übermütig. Sie hatte allen Grund, gutgelaunt zu sein. Gerade war sie volljährig geworden. Die Eintrittskarte in die Erwachsenenwelt. Gestern war sie beim Friseur gewesen, ihr neuer Stufenschnitt ließ sie erwachsener erscheinen. Viele Dinge würden sich von Grund auf ändern. Sie wollte mehr aus sich machen, einen ganz anderen Typ. Neulich in der Drogerie hatte sie einen Lippenstift in einer Nuance gefunden, die sich deutlich von den Farben unterschied, die sie sonst so trug. Ein richtig leuchtendes Herbstrot. Rosa hatte sie benutzt und beige, aber nie dies verbotene Rot. Es kündigte eine neue Ära an. Vorbei die Zeiten des Mauerblümchens. All ihre alten Teddys erstickten in einer blauen Plastiktasche. Dabei- ihre Luft war nicht erst seit gestern dünn geworden. Da saß sie nun inmitten ihrer Familie und fühlte sich wie ihre Teddybären. Gefangen in alten Zwängen, strampelte sie sich frei. Hoch, an die Spitze des höchsten Berges. Je weiter sie kam, umso schwieriger fiel ihr das Atmen. Äußerlich lachte und feixte sie wie ein Teenager. Innerlich schnürte es ihr die Kehle zu. Sie stand ganz oben am Gipfelkreuz. Nächste Woche fand ihre Abschlussprüfung zur Hotelkauffrau statt. Nach der Ausbildung würde sie in eine Festanstellung im Astronhotel übergehen. Sarah machte sich keine Sorgen, sie würde mit Bravur bestehen. Sie war eine der Besten in ihrer Klasse.
„Mädchen, willst du nicht deine Geschenke aufmachen?"
Ja klar, die Geschenke. Die sie erst nach dem Essen aufmachen durfte. Alte Familientradition. Unter den erwartungsvollen Augen Aller trat sie zum Gabentisch herüber. Eine schwarze Handtasche. Ein paar altmodische Pumps. Offensichtlich bedachte man sie mit allerlei nützlichen Dingen für die Arbeit. Das letzte Geschenk befand

sich nicht in einem Karton, sondern in einem Umschlag. Neugierig riss sie das Papier mit den Fingernägeln auf. Es klimperte im Inneren, klang aber nicht nach Münzen. Sie schüttelte den Inhalt in ihre Handfläche. Es war ein Autoschlüssel.

„Was ist das?"

„Du bist jetzt stolze Besitzerin eines Opel Corsa."

„Ich danke euch!"

Sie fiel ihrem Vater um den Hals. Nun war sie mobil. Nicht mehr auf öffentliche Verkehrsmittel angewiesen. Ihre Mutter schenkte die nächste Runde Sekt ein, an der sie intensiv teilnahm. Onkel Ede prostete mit Schnaps. Agnes und Kurt Brunswick wechselten Blicke, die nicht zum achtzehnten Geburtstag ihrer Tochter gehörten. Doch aus welchem Grund?

*

Erst gegen Mittag wurde Sarah wieder wach. Scheiß drauf, sie konnte so lange ausschlafen, wie sie wollte. Es war Sonntag. Sie zog sich an und ging nach unten. Dort erwartete sie eine dampfende Tasse Kaffee und ihre Eltern am Küchentisch. Auf dem Herd stand eine Pfanne mit komplett vorbereiteter Schnetzelpfanne. Sie ahnte, dass sie ihren Heißhunger nicht gleich stillen würde. Oder ihr sogar der Appetit vergehen würde. Wichtig war nur der Kaffee. Kaffee ging immer.

„Setz dich, Sarah."

Sie nahm Platz. Ließ zwei Zuckerwürfel auf den schwarz-schlickigen Grund fallen. Kippte einen Schluck Kondensmilch nach. Sie wollte Zeit gewinnen. Da sie spürte, das etwas Ungutes in der Luft hing. *Wenn ihr mir etwas zu sagen habt, dann wartet doch wenigstens, bis ich meinen Kaffee getrunken habe. Mein Hirn ist noch nicht wirklich wach.* Ihre Mutter hatte sich noch nicht einmal die Mühe gemacht, den kleinen Visionmaster auf der Arbeitsplatte auszumachen. Sonst machte sie ihn nie aus, hielt es für ein schlechtes Omen. Ständig lief der Teleshoppingkanal. Agnes hatte sich in den letzten Jahren stark verändert. Vielleicht nahm sie die Rolle der Hausfrau viel zu ernst. Die Wäsche im Schrank hätte man mit dem Winkelmesser nachprüfen können, es wären exakt 90

Grad dabei rausgekommen. Was würde aus Sarah werden, wenn sie aus dem Lot lief? Behielt sie ihren angestammten Platz?
Der Kaffee begann zu wirken, neue Kraft fuhr in ihre Glieder.
„Du musste es ihr sagen!"
Warum wirkte ihr Vater so nervös?
„Wir haben dich immer geliebt. Waren für dich da, wenn du Hilfe brauchtest. Stießen dich nicht weg, wenn du mal Mist gebaut hattest. Als wärst du unsere leibliche Tochter."
„Ja bin ich das etwa nicht?"
„Leider nein. Wir haben dich im Alter von vier Jahren zu uns genommen."
„Wer sind meine leiblichen Eltern?"
„Kind, wir wissen es nicht. Wir wollten es damals nicht wissen und man hätte es uns auch nicht gesagt."
Sarah ging an ihrem Vater vorbei, der angefangen hatte, seine Brille zu putzen. Ihr Ziel war der Kühlschrank, von dem sie sich eine Flasche Bier erhoffte. Ein aufgewärmter Kater war ihr sicher, genauso wie hämmernde Kopfschmerzen, aber sie brauchte den „Saufsonntag", wie sie ihn schon gelegentlich mit ihren Freundinnen und ein paar Flaschen Roséwein zelebriert hatte. Ihr Vater wollte sie daran hindern, aber auf Mutter war Verlass. Sie riss ihn zurück, tatenlos sahen sie zu, wie ihre unechte Tochter sich betrank.

*

Einen Monat war zwischen ihnen wieder alles wie vorher. Sie hatten sich darauf geeinigt, das unleidige Thema unter den Tisch zu kehren. Wie sie es damals getan hatten, und Sarah waren nur ein paar verschwommene Erinnerungen geblieben, wie sie zu den Brunswicks gekommen war. Ihre Pflegeeltern hatten sie so schnell in die Familie integriert, dass ihr keine Zeit zum Verschnaufen oder Nachdenken blieb. Was nicht hieß, dass es wirklich unter den Teppich gekehrt war. Es steckte auf dem Boden der Pappkartons, mit denen Sarah ihren Auszug aus dem elterlichen Haus vorbereitete. Vögel werden flügge. Sie freute sich darüber, eine Wohnung so nah an der Uni gefunden zu haben. Und die Freiheit. Sie war der

Vogel, der niemanden gehörte. Nicht ihren Eltern, die sie nur geliehen hatten. Nicht ihrer Mutter, die sie verstoßen hatte. In Zukunft wollte sie aufrichtigeres Leben fühlen. Als sie zum ersten Mal über die Schwelle zum Wohnheim trat, wurde ihr klar: *Niemand kennt mich hier. Ich kann sein, wer immer ich sein will.* Also streifte sie ihr altes Leben ab wie eine zu eng gewordene Jeans. Es lohnte nicht, sie hinten in den Schrank zu hängen und auf den Tag zu warten, an dem sie wieder passen würde. Besser war es, sie endgültig auszusortieren.
Auf dem Flur lief ihr eine ganze Schar unbekannter Gesichter über den Weg. Als hätte ein grausames Kind in einen Ameisenhügel getreten, schien der Strom kein Ende nehmen zu wollen. Sarah lächelte ihnen freundlich zu, suchte aber nicht direkt das Gespräch. Es war noch zu früh. Hanna, die am Gymnasium größtenteils dieselben Kurse besucht hatte, packte gut mit an. Als sie die schwerste aller Kisten absetzte (die mit Sarahs zerfledderten Taschenbüchern), musste sie schwer schnaufen. Schweiß lief ihre Nilpferdwangen herab. Ihre aschblonden Haare klebten wie ein monströser Helm an ihrem Kopf. Sie war ein wütendes Arbeitstier. Keiner in der Abschlussklasse wusste, was Hanna zum Studieren bewegte. Sie verfügte über das Naturell einer geborenen Hausfrau. Vielleicht ahnte sie es. Und studierte gerade deswegen. Um ihr gegebenes Schicksal ein paar Jahre aufschieben zu können. Was damals keiner wusste: Hanna war die letzte Hoffnungsträgerin ihrer Familie. Ihre ältere Schwester Astrid hatte mit Ach und Krach die Hauptschule geschafft. Mit vierzehn war sie schwanger geworden. Der Typ, der ihr den Braten in die Röhre geschoben hatte, war ein ausgemachter Looser. Mittlerweile war sie zweiundzwanzig, hatte das zweite Kind vom selben Idioten und wohnte in einer HartzV-Bude in St. Georg. Das einzige, wozu er taugte, war Astrid zu verdreschen, wenn er sich allabendlich ins Koma trank. Hanna mochte ihn nicht. Und vor allem wollte sie nicht werden wie ihre Schwester. An der Uni würde sie einen guten Beruf erlernen und einen Sportstudenten mit Waschbrettbauch heiraten. So hoffte sie.
Viel lieber hätte sie sich alleine an ihren kleinen Tisch gesetzt, der ihr zusätzlich als Schreibtisch dienen würde, und hätte

sich ein paar Stullen geschmiert. Hanna jedoch bat sie, mit in die Gemeinschaftsküche zu kommen. Allein traute sie sich nicht. Also folgte sie ihr.

Die Küche befand sich am Ende des Ganges, direkt neben den Nasszellen. Sarah ging vor. Zwei Typen saßen am großen Esstisch. Der jüngere der Beiden trug kurze blonde Haare und einen kleinen Goatee. Er trank eine rötliche Brühe, die einen Früchte-oder Kräutertee vermuten ließ. Dann wehte Sarah eine warme Wolke ins Gesicht, und sie erkannte eine Teemarke wieder, die sie selbst gelegentlich gerne einkaufte. Er lächelte ihnen zu und bot einen freien Platz am Fenster an. Der andere Typ verströmte eine etwas seltsame Aura. Er war bestimmt schon dreißig, trug seine sich im Stirnbereich bereits lichtenden Haare lang, im Nacken mit einem Ledersenkel zusammengehalten. Sein leicht schmuddeliges Jeanshemd verwunderte nicht wirklich, es passte gut zum ungepflegten Rest. Der eine oder andere Fleck auf der Knopfleiste ließ vergangene Mahlzeiten erahnen.

„Neu hier, was?"

„Ja, wir haben heute unsere Zimmer bezogen. Ich bin Sarah, und das ist meine Freundin Hanna."

Eigentlich war Hanna nur eine Bekannte. Sie hatten die gleiche Stufe besucht. Aber das musste sie den beiden ja nicht gleich auf die Nase binden. So konnte sie der Kleinen einen besseren Start ermöglichen.

„Hanna, soll ich dir einen Früchtetee aufsetzen?"

„Gerne doch."

Das Wohnheim war ein fleißiger Bienenstock, Hanna und Sarah fügten sich mühelos ein. Ab jetzt waren sie Teil des gesellschaftlichen Lebens.

Claudio ermittelt

In der Hafenbar herrschte kaum Betrieb. Später, gegen Mitternacht, würden die Kneipenbummler eintreffen. Aus irgendeinem Grund, den Niko Kasnidis, der Besitzer der Hafenbar, noch nicht herausgefunden hatte, fing der Großteil seiner Gäste an, sich im „Blue Moon" warmzutrinken. Danach folgte das „Fass ohne Boden", eine Funkneipe zwei Gassen weiter, die ihm seit ihrer Eröffnung etliche Gäste abspenstig gemacht hatte. Am Ende fanden sie sich in der Hafenbar ein. Versteh einer die Kundschaft, dachte sich Kasnidis und seufzte. Justin und Claudio kamen herein. Sie bestellten zwei Apfelschorle und nahmen sie mit in eine der hinteren Sitznischen. *Zwei eitle Gockel*, so schien es dem amüsierten Kasnidis, *entweder Schwule oder Italiener*. Kein anderer Volksstamm würde sich so aufstylen.
„Warum gehst du nicht zur Polizei?"
„Ich habe Angst."
„Erzähl mir nicht den Scheiß. Dazu kenne ich dich zu lange."
„Ich habe eine Sauwut auf den Kerl. Er klinkt sich in mein Leben ein wie ein Parasit. Noch nicht genug, er ist drauf und dran, meine berufliche Existenz zu zerstören."
„Du hast nie davon gesprochen, wie viel dir dein Beruf bedeutet."
„Ich musste mich damals entscheiden: Michelle oder die Agentur. Ich habe mich gegen die Liebe meines Lebens entschieden."
„Bereust du es nie?"
„Manchmal träume ich von ihr."
Claudio biss sich auf die Lippen. Nie könnte er Justin von den Träumen erzählen, die ihn quälten. Letzte Nacht hatte er einen feuchten Traum gehabt. Doch das einzig Feuchte an diesem Traum war Michelles Blut gewesen, das in Sturzbächen über die Bettlaken lief.
Claudio zündete sich eine Zigarette an. Dann sagte er:
„Die Frau meines Lebens würde mich nie vor die Wahl stellen wie Michelle."
„Meinst du, der Kerl hat auch Michelle auf dem Gewissen?"

Während er für einen Moment die Augen schloss, konnte er in der Dunkelheit hinter seinen Lidern David grinsen sehen. Von seinem Gesicht erkannte er nur zwei Reihen blendend weißer Zähne, die ihn verspotteten.

„Genau das glaube ich auch. Deshalb will ich die Polizei aus dem Spiel lassen. Das Arschloch hat es zu einer persönlichen Angelegenheit gemacht. Ich werde ihn jagen und erlegen wie einen räudigen Hund.“

„Er ist gefährlich. Denk dran, mit welcher Leichtigkeit er sich Zutritt zu deiner Wohnung verschafft hat.“

„Eben darum. Zu diesem Spielchen gehören immer noch zwei. Und wenn er mitbekommt, dass ich ihm die Polizei auf den Leib gehetzt habe…“

„Du willst das wirklich alleine durchziehen?“

„Ja.“

Michelle in dem kleinen Straßencafé in Mailand, wo sie zwischen zwei Modeshows zusammen einen Latte Machiatto getrunken hatten und sie ihm von ihren Träumen erzählt hatte. Eine schöne Erinnerung.

"Versprich mir, mich anzurufen, wenn dir die ganze Geschichte über den Kopf wächst. Ich bin dein Freund."

*

Michelle stand im Zenith ihrer Karriere. Sie war omnipräsent, ihr Konterfei sprang einem an den Kiosken entgegen; sie war regelmäßig in der Vogue, Elle und Marie Claire.

„Signora Myers, una Photo, per favore! “

Michelle lächelte ihr falsches kaltes Haifischgrinsen. Ihr Pressegrinsen, wie Claudio es spöttisch nannte. Ihm schenkte sie ihr echtes Lächeln, nur ihm.

„Schatz, die Paparazzi nerven. Wir können ja kaum einen Schritt mehr in Freiheit tun. “

„Wenn du ein Stück Kuchen isst, musst du auch die Fliegen abwimmeln. Sieh es doch so. Es gehört einfach dazu. “

„Früher hat es nicht dazugehört. “

„Ich weiß. Vieles hat sich geändert. Du, ich... und unser ganzes Leben drumherum. Ich habe mich so gefreut, als du mir sagtest, dass du kommen könntest. Weißt du, manchmal

träume ich davon, wie es wäre, wenn wir uns öfter sehen könnten. Ich tue immer mein Bestes, um dir Freiräume in meinem Terminkalender zu schaufeln."

„Deine Rastlosigkeit hat abgenommen. Früher war dein ganzer Lebenswandel durch deinen Kokainkonsum geprägt. Hätte ich dich nicht aufgehalten, du hättest mich überrannt."

„Mit Sicherheit."

„Und dennoch... du hast nie aufgehört, mich zu überrennen. Ich bin nicht Feindesland, das es zu erobern gilt. Ich gehöre dir freiwillig."

„Darum will ich, dass wir zusammenziehen."

„Im Ernst?"

„Hör mal, wir sind jetzt fast zwei Jahre zusammen. Uns trennen nur drei
U-Bahn-Stationen. Ich habe eine Zahnbürste in deinem Bad und du eine in meinem. Meinst du nicht, es wäre an der Zeit?"

„Dein Vorschlag überrascht mich."

„Okay, ich klammere wieder einmal zuviel."

„Nicht wirklich. Mir ist dieselbe Idee öfters durch den Kopf gewandert."

„Ach so?"

„Lass uns doch zusammen auf Wohnungssuche gehen. Wenn dein Gallianojob beendet ist."

*

Claudio entschuldigte sich bei Justin und ging austreten. Als er die Toilettentür hinter sich geschlossen hatte, liefen die ersten Tränen. Die er vor seinem besten Freund verstecken wollte. In letzter Zeit war er erschreckend emotional geworden. Zugleich zweifelte er an seinen eigenen Worten, die er zuvor noch ausgesprochen hatte. Er liebte Michelle immer noch. Wenn er sich damals anders entschieden hätte, würde sie heute noch leben? Und könnte er sie lieben und nie mehr verlassen, wenn sie jetzt am Leben wäre? Er zog ein Papiertuch aus dem Spender und wischte sich die Augen.

In gewohnter Umgebung

Er war nicht Babylons letzter Wächter. Und gewiss würde er auch nicht springen. Ihm schien es, als wenn nach jedem Tod einer seiner Kundinnen ein Teil von ihnen in ihn übergegangen wäre. Vom Dach seiner Penthouseterrasse hatte er die ganze Stadt unter sich. Er hielt die Erinnerungen an Anita Schneider lebendig. Während die ganze Stadt ihren Tod betrauerte. Marla würde für Nachschub sorgen, da brauchte er sich nicht zu sorgen. Immer wieder neue Kundinnen. Claudio rauchte, der Ansatz seiner Glut versengte allmählich seine Fingerspitzen. Geistesabwesend schnippte er die Glut davon. Davon wollte er einst Michelle befreien. Nun war er selbst an dasselbe Fließband gefesselt. Er konnte nur trennen zwischen den zwei Systemen: Schwanz und Kopf. Und für Marla war er Frischware, die rechtzeitig vor Marktschluss verkauft werden musste.

*

Die „Reuse" war ein Restaurant, das den Eindruck machte, als wäre es tief in den Felsen gehauen worden. Wie um das mittelalterliche Flair zu unterstützen, brannten an den Wänden keine elektrischen Lampen, sondern altertümlich anmutende Fackeln. Dafür brannten in den schweren Kronleuchtern, die von der Gewölbedecke hingen, normale Glühbirnen. Die Frau in rot musste Svenja Kästner sein. Jedenfalls hatte sie sich am Telefon so beschrieben, ihr Kleid sollte als Erkennungszeichen dienen. So wie er ihr gesagt hatte, er würde seinen weißen Leinenanzug tragen. Dem ersten Anschein nach war seine Kundin eine in die Jahre gekommene Blondine, die sich ganz gut gehalten hatte. Den einzigen Stilbruch an ihrem Outfit stellte die alternative Halskette dar, die eher eine Linksradikale auf dem Flohmarkt gekauft hätte. So ein Teil aus verschiedenfarbigen Holzperlen, die ein Gummizug straff an ihrem Hals schmiegte. Der sommerliche Schweiß auf seiner Stirn war getrocknet, sobald er die Steinstufen hinabstieg. Draußen war es unerträglich heiß, selbst zu später Stunde. Die Stadt kam nicht zur Ruhe.

„Guten Abend Claudio.“

„Guten Abend Svenja.“

„Sie können sich gerne setzen, mein Herr. Ich bringe ihnen gleich die Karte.“

Na Klasse. Mal wieder so ein Kellner von der aufdringlichen Sorte. Die hatte Claudio aus Prinzip gefressen. Er beschloss, ihn im Laufe des Abends noch in seine Pforten zu verweisen. Leider konnte er in Hinblick auf seine Begleitung sein übliches Vokabular nicht anbringen. Zum Glück für den Kellner.

Die Karte kam, und der Saftsack blieb einfach am Tisch stehen und wartete, bis sie ihre Bestellung aufgaben.

„Sie müssen nicht dastehen wie eine Ölgötze. Bringen Sie uns die Speisekarte. Bis dahin wissen wir auch, was wir trinken.“

„Danke dir. Der Kerl nervt wirklich.“

„Warum hast du dann dieses Restaurant ausgesucht?“

„Man kann hier gut essen. Eine Freundin hat es mir empfohlen.“

„Dann lassen wir uns mal überraschen.“

Wie zu erwarten, kam der Kellner bald zurück, bloß ohne sein dämlich-süffisantes Grinsen. Dieses war wie weggewischt. Claudio war zufrieden.

„Ich nehme eine große Cola, und du?“

„Eine Weinschorle.“

Auch das noch. Entweder Wein oder Mineralwasser. Egal mit welchem Jahrgang sie es zusammenpanschten, der Wein war verhunzt. Seine Stimmung sank. Unter die Oberfläche. Auch wenn er genervt war, er durfte es nicht zeigen.

„Bist du Künstlerin?“

„Ja! Woher weißt du das?“

„Ach, nur so eine Ahnung. Gute Menschenkenntnis.“

„Ich bin Malerin.“

„Müsste man dich kennen?“

„Kommt drauf an. Ich hatte mehrere Ausstellungen im Ostend.“

Die Getränke kamen.

„Haben Sie entschieden?“

„Ja. Ich nehme den Räucherlachs in Spinatkruste und meine Freundin Scholle an Kartoffeln und Gemüse.“

Die Geschwindigkeit, mit der das Essen auf ihrem Tisch landete, ließ Claudio Schlimmstes über die Küche ahnen. Offensichtlich bereiteten sie Standardgerichte in großen Mengen vor und schmissen sie am Ende nur in die Mikrowelle, egal wie nobel sie sich gaben. Svenjas Freundin hatte ganz offensichtlich einen schlechten Geschmack, was Restaurants anging. Seine Geschmacksknospen reagierten auch nicht sonderlich überrascht, als sie die pampige Soße wahrnahmen, die bestimmt irgendein schmieriger Großhändler in Blechdosen fixfertig anbot. Er hoffte, der Teil des Abends, den das Essen ausmachte, möge möglichst schnell vorüber gehen. Er würde mit Marla reden müssen, inwieweit die Kundinnen die Restaurants aussuchen durften. Es kann nicht angehen, dass ein Mann seines Formates sich mit minderwertigen Speisen abgeben musste. Wenn er da nur an Anita Schneider dachte- das schien bei den Kundinnen in letzter Zeit Gewohnheit zu werden. Die Deutschen sparen wirklich an der falschen Stelle. Billiges Essen und teurer Mann- eine denkwürdige Kombination. Demnächst würde er mit Tütensuppe empfangen werden.

Er verließ mit Svenja die Reuse. Sie wies ihn an, ihrem Wagen zu folgen. Claudio war mehr als dankbar. So konnte er seine Ruhe haben. Er legte bei seinem Porsche den ersten Gang ein und bei sich den Leerlauf. *Minutenlang zogen einfach nur die grauen Häuserfassaden an ihm vorbei. Dann die roten Ziegelsteine der Hamburger Altstadt. Lass uns nach Hause fahren, Schatz.* Sein Tagtraum ließ ihn zu spät erkennen, welche Richtung sie einschlugen. Wie zufällig fand er den gewohnten Parkplatz hinter der Bäckerei, wo er schon früher stand. Wenn Michelle in der Stadt war, überquerte er den Betonplattenweg, wo aus den Ritzen das Moos herauswucherte, um frische Brötchen zu holen.

Er stieg aus und drehte den Kopf nach Svenja, die nicht wirklich auf ihn wartete. Nur mühsam hielt er mit ihr Schritt, und schon war er wieder in dem Hausflur, den er noch vor wenigen Jahren wie seine eigene Westentasche kannte. Konnte Gott so grausam sein, dass er ihn hierher zurückführte, in die Wohnung, die er sich mit Michelle damals teilte?

*

Svenja hatte neu gestrichen. Der lang gezogene weiße Flur schimmerte in Gelb-und Orangetönen. Die moderne Deckenleuchte im Bauhausstil war einer Lederhülle mit Ethnomotiven gewichen. Keine Metallkommoden, dafür gewachste Fichte. Er hatte immer gedacht, jede Wohnung hätte ihren individuellen Charakter, den es herauszumeißeln galt wie ein Antlitz aus einem rohen Steinklotz. Damals hatte Michelle alles mit modernen, aber eher sachlichen Möbeln ausgestattet. Ähnlich die Farbgebung. Insgesamt entstand ein kühler Eindruck. Sie hatten das Interieur mit der Wärme ihrer Liebe gefüllt. Jetzt, wo dieses weg war, fragte er sich, ob die neuen harmonischen Farben von der Kälte ablenken sollten, die in ihrem Inneren herrschte. Während Svenja sich auf der Toilette frischmachte, studierte er den Inhalt ihres Kühlschranks. Sein alter Edelstahlkoloss war verschwunden. Genauso wie der Rest. Er hatte hier mehr Zeit verbracht als Michelle. Und sämtliche Möbel gekauft. Michelle hatte ihm dabei freie Hand gelassen. Sie war sowieso kaum zuhause. Claudio erkannte traurig, dass er die Wohnung allein nach seinem Geschmack eingerichtete hatte. Und der war ausgesprochen kalt. Michelle hatte es nie bemerkt. Selbst heute führte er eine Beziehung mit einer abwesenden Frau. Wie soll man mit jemand Schlußmachen, der nie für einen da war? Ihre gemeinsame Zeit war so knapp bemessen, dass sie nicht einmal in Ruhe streiten konnten.

*

Asiatische Möbel hatten im Schlafzimmer Einzug gefunden. Als er sich auf das viel niedrigere Futonbett plumpsen ließ, geriet er aus dem Gleichgewicht. Svenja war sofort über ihm und bedeckte seinen heißen Leib mit ihren Küssen. Sie hatte erreicht, was wenige Kundinnen vor ihr erreicht hatten: sie hatte den kleinen silbernen Schlüssel gefunden, mit dem man die Spieldose aufzog.

Claudio blickte von dem Hals auf, den er geküsst hatte, und der Raum veränderte sich. Es begann mit dem Gefühl eines

Fahrstuhls, der ein Stockwerk höher steigt. Da lag er wieder auf ihrem (seinem) weißen Designerbett, mit dem Gefühl von Seidenbettwäsche auf der Haut. Er hatte die Augen geschlossen während Svenja mit ihrer Zunge an seinen Eiern spielte. Als er sie öffnete, sah er direkt in die Sonne. Nein, nicht die Sonne. Zum Einzug hatte er einen künstlichen Lichterhimmel installiert, um für romantische Stimmung zu sorgen. Er sah nach unten, und blickte in Michelles zerstörtes Gesicht, welches seinen Schwanz lutschte. Es zerfloss zu Carola Frenzick. Anita Schneider. Marla. Sie blickte auf und lächelte ihm lüstern zu. Claudio begriff. Der Schlüssel war zum Greifen nahe. Wie hatte er jahrelang glauben können, er hätte die Kontrolle? Er war von allen benutzt worden. Alles falsche Vertrauen, was er sich über die Menschen in seiner Umgebung gebildet hatte, zerplatzte wie eine Seifenblase. Großer Ekel stieg in ihm auf, den er gekonnt als Lustregung tarnte. Er legte seine ganze Wut in den Akt. Claudia merkte die Änderung, die durch ihren Liebhaber ging und nahm sie dankbar an. An diesem Abend besorgte er es ihr wie schon lange kein Mann mehr.

Die Variable in der Gleichung

Auf dem Bildschirm waren die wenigen Zeilen zu lesen, die der geheimnisvolle Unbekannte in Casanovas Wohnung hinterlassen hatte, eingescannt und bereit, gemailt zu werden. Auf www.grapholog.com boten Handschriftforscher ihre Analysen für zwanzig Euro an. Was soll's, zwanzig Euro war der Spaß wohl wert. Inspektor Neuss, der den Brief nie zu Gesicht bekommen hatte, hätte dem sicher zugestimmt. Täterprofiling nannten es die Experten.

Mit nacktem Oberkörper saß Claudio vor dem Computer, zündete sich eine neue Zigarette an und aschte in einen leeren Joghurtbecher. Er riss ein Stück eines zerknitterten Briefumschlages ab und kritzelte Spiralen. Die wenigen Geräusche in seinem Arbeitszimmer bildeten der Lüfter des Rechners und das krasch-krasch des Kugelschreibers. Dann blinkte ein kleines Fenster auf, er hatte Post.

Vielen Dank lieber Kunde für das in uns vorgebrachte Vertrauen. Wenn sie die unten beigefügte PDF-Datei anklicken, sehen sie das Resultat der Analyse.

Claudio öffnete das unscheinbare Symbol.

Folgende Eigenschaften wurden Ihrer Schriftprobe zugeordnet:
1.   hohe Intelligenz
2.   geringe Frustrationstoleranz
3.   ein starker Wille, aktive Handlungsstrukturen
4.   hohes Aggressionspotential
5.   hoher Gerechtigkeitssinn
6.   Egomanie

Erklärung zu den einzelnen Punkten:
1: Es kann sich um das Resultat großer Lebenserfahrung oder einen wirklich überdurchschnittlichen IQ handeln.
2: Rückschläge werden nicht hingenommen. Angriffe verbaler oder physischer Art werden schnell persönlich

genommen. Ebenso ist der Schreiber äußerst nachtragend

3: Es geht immer vorwärts. Hindernisse werden, wenn erforderlich, aus dem Weg geräumt.

4: siehe 2.

5: Im Zusammenhang mit den anderen Eigenschaften schwierig zu bewerten. Hängt stark vom eigenen Wertebild des Schreibers ab. Besonders in Kombination mit der unter 6. erwähnten Egomanie könnte er die Parameter für seine Gerechtigkeit selbst setzen.

Wir danken Ihnen für das ins uns hervorgebrachte Vertrauen. Wir hoffen, ihre Wünsche zu Ihrer vollsten Zufriedenheit erfüllt zu haben.

Claudio speicherte die Mail für später. Falls er wieder darauf zurückkommen würde.

Wenn man ihn so sitzen sah in seiner Küche, nur die Arbeitsplattenbeleuchtung eingeschaltet, sein Gesicht in Schatten geteilt, war es wie an vielen Abenden. Auch die Kombination von Tee und Zigarette war nichts Ungewöhnliches. Aber in seinem Kopf arbeitete es.

Erbswurstsuppe

Sarah saß allein in der Gemeinschaftsküche. In einem alten verbeulten Emailletopf wurde Wasser heiß. Morgen würde sie ihre erste Klausur schreiben. Damals, am Gymnasium, waren es Klassenarbeiten. Sie ahnte, dass es auf dieselbe Sache hinauslief. Es hatte sich viel geändert seit ihrem Auszug zuhause und doch sehr wenig. Aus den AG's waren Lerngemeinschaften und studentische Vereine geworden. Hätte sie die Kraft gehabt, aus ihrem alten Schneckenhaus herauszutreten, hätte sie mannigfaltige Möglichkeiten gehabt, am gesellschaftlichen Leben nach den Vorlesungen teilzuhaben. Stattdessen kehrte sie zurück auf ihre Bude, schlug einen ihrer dicken Wälzer auf und vertiefte sich in die Fachlektüre. Floh sie vor etwas? Am Gemeinschaftstisch war alleine sein schier unmöglich, deshalb kochte sie sich schnell ein Fertigessen und nahm es mit auf ihr Zimmer. Wenn jemand sie bat, doch zusammen mit ihnen zu speisen, lehnte sie freundlich, aber bestimmend ab: Sie musste noch lernen. Und das verstand jeder. Sie galt als ehrgeizig. Damals, am Gymnasium: als Streberin. Und wenn sie sie insgeheim ebenfalls für eine Streberin hielten? Jungs sahen sie von jeher mehr als Kumpeltyp, daran hatte sich nichts geändert. Dabei sah sie wirklich gut aus.

Das Wasser war heiß, sie goss sich einen Instantkaffee auf. Im Schrank war mal wieder kein Zucker, und sie hatte keine Lust, nach unten zu gehen. Sie konnte ihren Kaffee schwarz trinken, und keiner würde sie behelligen. Was ihre Kommilitonen wohl gerade machten? Lernten sie? Oder tummelten sie sich im Freibad, bei dem schönen Wetter? Ja, sie floh. Nahm nicht teil. Stellte sich daneben. Wusste das Leben nicht zu genießen. Deswegen hasste sie Hanna. Weil sie sie an sie selbst erinnerte. Hanna hatte allerdings vom lieben Herrgott einen zusätzlichen Nachteil mit auf den Weg bekommen: ihr schlechtes Aussehen.

Und dennoch, Sarah durfte sich nicht in Ausflüchten ergehen, warum die eine schöner oder hässlicher war als sie. Hanna war noch Jungfrau. Und Sarah auch. Und wenn sie sich ewig

in ihrem stillen Kämmerlein einschloss, würde sie ewig eine
alte Jungfer bleiben. Nein!!!
Sie leerte den letzten Schluck Kaffee, verzog angewidert das
Gesicht und räumte die Tasse in die Spülmaschine ein. Im
naturwissenschaftlichen Trakt der Uni würde gegen Abend
eine Erstsemesterparty stattfinden. Da würde sie ihr Glück
versuchen.

In der Burschenschaft

Ein weiteres Wohnheim. Hanna war endlich akzeptiert worden. Sie trank mit ein paar (Ariern?) jungen Männern mit Bürstenhaarschnitten Bier. Eigentlich war sie wegen Frank da, ihrem Anführer. Mit wenigen Ausnahmen gehörten die meisten der Anwesenden zur Jurariege. Frank wendete sich zu ihrem Ohr und flüsterte hinein:
„Lass uns doch ein bisschen frische Luft schnappen."
Gerne willigte sie ein. Zu viel Rauch kräuselte sich unter der Decke, als dass sie den ganzen Abend hier verbringen wollte. Sie hakte sich bei ihm ein und verließ die Studentenkneipe, in der sie sich die letzten Stunden aufgehalten hatten. Später würde ein kleines Bühnenprogramm folgen, welches sie mit Freuden verpasste. Die letzten Male war es mehr als ärmlich gewesen. Man kannte die ganzen Möchtegernbands, die darauf vertrauten, dass ihre Erfolge von Abizeiten anhalten würden. Wenn sie es rafften, war es längst schon zu spät. Nein, da zog sie lieber mit Frank ab, den sie seit einigen Wochen kannte. Sie brauchte einen Mann, der sie mitriss und animierte. All das konnte Frank. Mittlerweile waren sie bei seinem Auto angekommen. Zweifel plagten sie. Ob er noch in der Lage war zu fahren? Er hatte drei Bier getrunken, sie hatte ihm jeden Schluck in die Kehle gezählt, da er ihr versprochen hatte, sie nach Hause zu fahren. Die Wagenschlüssel fanden erst beim zweiten Versuch das Schlüsselloch. Ob er sie wirklich sicher nach Hause bringen würde?

*

Sie kannte seine Bude nicht. Bisher hatten sie sich nur auf neutralem Grund getroffen. Frank stellte seinen Audi in der Garage unter dem Wohnheim ab. Sie war neugierig geworden, würde aber mit Sicherheit nicht weiter gehen, als den ersten Kuss. Den sie ihm noch immer schuldete (sowohl man von Schuld sprechen konnte).
Auf dem durchgesifften Couchtisch lagen zwei Teelichter, die Hanna nun anzündete. Sie glaubte an eine solide romantische Atmosphäre. So war sie erzogen worden. In ihrem Leben gab

es bislang einige feste Werte und Ziele, an die sie glaubte. Im Gegensatz zu ihren erzkonservativen Eltern stellte die Universität für Hanna nicht das Mittel zum Zweck dar, einen Ehemann kennenzulernen. Sie litt unter der Ungleichheit in den Zukunftsplänen, die für sie und ihre Schwester vorgesehen waren. Eltern sollten ihre Kinder unterstützen. Nicht so die ihren. Eine Tochter hatten sie scheitern sehen und planten den Misserfolg der zweiten bereits ein. Sie würde es ihnen zeigen. Hanna nahm ihr Studium sehr ernst, manchmal sogar zu ernst. Sarah war der Meinung, sie müsste mehr unter Menschen kommen. Da war sie nun unter den Menschen, was weiter? Als sie Frank kennenlernte, war sie aus sich herausgetreten. Dennoch war ihre Rolle die der Frau, die sich zu fügen hatte. Davon hatte sie sich nie befreien können.

„Hast du Wein da?"

„Ne- nur Bier."

Ihre romantische Stimmung geriet ins Bröckeln. Zum Kuscheln gehörte doch ein guter Rotwein dazu, oder? Frank machte sich auf, in der Küche Bier zu holen. Sie saß allein auf seinem Bett und wartete, dass er zurückkehrte. Das Wohnheim schien wie ausgestorben. *Auch gut*, dachte sie sich, *dann wird es umso heimeliger*. Doch Frank verdarb es. Er knallte die bereits geöffneten Bierflaschen auf den Tisch, dass der Schaum die Flaschenhälse hoch- und über den Tisch schwappte. Außerdem machte er keine Anstalten, die Sauerei aufzuwischen. Dafür steckte er ihr sofort seine Zunge in den Hals. Hände wanderten forsch über ihren Busen. Soweit durfte er doch noch gar nicht gehen! Hannas Hände packten seine, weniger in inniger Verbundenheit als mehr in abwehrender Haltung.

„Nein, nicht-"

Sein Griff war stärker, sie spürte, wie seine rechte Hand auf ihren Mund wanderte, und ihre Fähigkeit zur Artikulation zudrückte. Mit der linken knöpfte er ihre Bluse auf. Wie sollte sie aus dieser Situation herauskommen? Und ihm begrifflich machen, dass auf dem langen Pfad zur Ehe zuallererst das Händchenhalten lag, und die Kinder erst am Schluss kamen. Sie biss ihn in die Handfläche, worauf sie eine gehörige Backpfeife erntete. Frank dachte gar nicht daran, auf ihre

96

Einwände einzugehen. Er versetzte ihr mehrere Schläge mitten ins Gesicht, bis Hanna verstummte.
„Warum nicht gleich so?"
Stumm sah Hanna ihm dabei zu, wie er sich auszog. Ihre Unterlippe schwoll an. Besser, sie fügte sich. Als weitere Schläge einzukassieren. Bestimmt hatte sie sich ihr erstes Mal anders vorgestellt. Tränen nässten Franks Schulter, der Schmerz war unglaublich, als er sich in sie bohrte. Die Raufasertapete der Zimmerdecke war von Riefen und Furchen durchzogen. Hanna zählte jede Sägespanerhebung, die dunkelgrauen Kringel um die Lampe. Ein weiterer Horizont wurde aufgeschlagen wie eine Buchseite, und bereitwillig stürzte sie sich darein, nur um zu vergessen.

*

Sarah schaute noch mal auf die Adresse im Brief des Jugendamtes. Klippenstraße dreiundzwanzig, sie irrte sich nicht. Der graue Betonbunker wirkte so unscheinbar. Sachlich. Marla Stadehorst wusste ihr Privatleben gut zu schützen, dem Jugendamt war es lediglich gelungen, an ihre Geschäftsadresse heranzukommen.
Sie beschloss, einfach zielstrebig auf den Eingang zuzugehen wie eine Kundin. Laut den Messingschildern neben der Tür praktizierte dort ein Rechtsanwalt Miklan, ein Zahnarzt Doktor Würthner und endlich: Die Agentur. Sollte sie einfach hochsteigen und „Hallo, ich bin deine Tochter" sagen? Wie würde Marla reagieren? Nein besser wäre es bestimmt, wenn sie sich auf die Parkbank da vorne setzte und im Schatten der alten Pappel warten würde. Sarah probierte es. Ein vorsichtiger Blick nach oben bewies ihr, dass von der Agentur niemand sie sehen konnte. Das Blattdickicht versperrte die Sicht. Dafür konnte sie hervorragend den Eingangsbereich einsehen.

*

In der Stunde, die sie auf dem Bänkchen verbrachte, hatte kein Mann geklingelt, um die Dienste der Agentur in

Anspruch zu nehmen. Offensichtlich bestand das Klientel ausschließlich aus Frauen. Nun, sie war auch eine Frau. Aber bevor sie als Kundin zu Marla kam, müsste sie herausfinden, welche Waren oder Dienstleistungen da oben über den Tisch gingen.

*

Auf der Homepage der Telekom fand sie was sie suchte: die Internetadresse der Agentur: www.hengststall_hamburg.de. Sarah war irritiert.
Was zögerte sie noch? Mutig öffnete sie mit einem Doppelklick den Link.
Ihr stockte der Atem, als sich die Startseite öffnete. Einen Klick weiter kam sie auf /unsere Hengste. Da waren sie alle in einer Bildergalerie vereinigt. War das die neue Freizügigkeit, die ihre Urgroßeltern erkämpft hatten? Ungehemmt wurden da die Vorzüge der einzelnen Mitarbeiter beschrieben. Selbst wie gut sie bestückt waren. Ihre Mutter war eine Zuhälterin! Sarah entkorkte eine Flasche Roséwein, den sie unten in ihrem Einbauschrank lagerte. Das eine Glas beruhigte ihre Nerven, sie stellte den Rest wieder zurück. Wie sollte sie weiter vorgehen? Ein unglaublicher Gedanke beschlich sie, der in seiner Einfachkeit bestechend war. Sie spürte Feuchtigkeit zwischen ihren Schenkeln. Sie würde einen von diesen Männern mieten. So konnte sie zwei Fliegen mit einer Klappe schlagen: Ihre Mutter kennenlernen und die Jungfräulichkeit verlieren.

*

Da war nur ein Haken an der Sache. Sie wagte es nicht, in der Agentur anzurufen. Es war lächerlich. Sie war bereit, einen Mann für Liebesdienste zu bezahlen, aber nicht, mit ihrer Mutter zu sprechen. Nun gut, sie hatte immerhin die Bilder von den Hengsten. Sie würde mit dem Langhaarigen aus dem Erdgeschoss sprechen. Er studiert Informatik. Bestimmt kannte er eine Möglichkeit, wie sie die Agentur umgehen

98

konnte. Sie brauchte die Privatnummer von einem der Hengste.

*

Norbert war gerade tief im Chatrom versunken, als es an seiner Tür klopfte. Seufzend legte er ein Fenster in die Startleiste und öffnete die Tür. Ach sieh an,
die Neue aus dem zweiten Stock.
Sarah wurde sich des abgestandenen Geruches bewusst, der im Zimmer hing. Auf den Kacheln des altdeutschen Couchtischs lagen alte Pizzaschachteln mit vertrockneten Käseresten. Doch diese alleine waren es nicht. Da waren die getragenen Socken, die eine Spur zum Wäschekorb bildeten, aber nie ganz den Weg hinein fanden. Der überquellende Aschenbecher neben dem Bildschirm. Würde er ihr wirklich helfen können?
„Hallo Norbert. Störe ich dich?“
„Eigentlich ja. Ich bin gerade an einer wichtigen Sache im Net dran.“
„Du bist doch so geschickt am PC?“
„…Ja?“
Sie wusste, sie musste geschickt vorgehen, wenn sie von Norbert einen Gefallen erwartete. Die beste Taktik erschien ihr, die dumme kleine Frau zu spielen. Eine Rolle, die sie zutiefst verabscheute. Wenn er glaubte, dass sie von Technik wenig Ahnung hätte, würde er sich mit Freuden in seinem Wissen suhlen.
„Ich hätte da mal eine Frage.“
„Schieß los.“
„Mal angenommen, ich gebe dir ein paar Fotos. Kann man herausfinden, wie sie aufgenommen wurden?“
„Kommt darauf an.“
„Sagen wir mal, ich hätte ein paar Gesichtsportraits, könntest du ihnen Namen zuordnen?“
„Kommt darauf an, wie bekannt sie sind. Und ob ihr Gesicht durch die Netmedien ging.“
Sarah zog eine CD-ROM aus ihrer Tasche heraus.
„Probier es einfach, okay?“

Sorgfältig hatte sie mit Grafikprogrammen bestimmte Teile aus den Dateien geschnitten, die sie runtergeladen hatte. Die Gesichter der Agenturhengste bildeten die Grundlage für Norberts Recherchen.

„Es kann eine Weile dauern. Ich habe nur gecrackte Suchprogramme. Ohne die Vollversionen geht es etwas länger. Soll ich uns einen Kaffee aufsetzen?"

„Ja, bitte."

Als sie sah, wie er den orangefarbenen Filter aus der verkalkten Kaffeemaschine zog und in den Papierkorb fallen ließ, bereute sie ihre Äußerung schon wieder. Norbert befüllte einen frischen Filter und legte ihn ein. Kurze Zeit später gurgelte heißes Wasser durch die Eingeweide der Maschine. Wenigstens erweckten die Tassen einen sauberen Eindruck.

„Vom Prinzip her ist es Google, nur rückwärts."

Immer wieder ratterten dieselben Bilder durch. Sie war Norbert für seine Diskretion dankbar. Er hatte nicht einmal gefragt, wofür sie die Informationen brauchte. Sie hatte sich in ihm getäuscht. Ihr Misstrauen schien nicht begründet.

„Du wolltest die Namen aller herausfinden?"

„Ja, ja!"

„Nun, die Suchmaschine hat nur einen ausfindig machen können. Sieh's dir an."

Sarah näherte sich dem Bildschirm."

„Claudio Savese. Hat in diversen Hardcorefilmen mitgespielt. Vereinzelte Modeljobs. Ist er das?"

„Ich denke ja."

„Dann gehe ich mal auf die Seite der Telekom. Willst du auch wissen, wo er wohnt?"

„Ja."

„Da haben wir ihn. Prinzengasse dreizehn. Mit Telefonnummer."

„Kannst du mir die Daten per E-Mail rüberschicken?"

Sie schrieb ihm ihre Adresse auf die Rückseite einer Kaugummiverpackung.

„Danke dir."

Jungfrauenblüten

Gestern war der Techniker der Telekom dagewesen, um endlich Claudios Videodisplay zu reparieren. Ein bartstoppeliger junger Mann im Blaumann, dessen Jacke über dem Bierbauch im mittleren Stadium erheblich spannte. *Mach mal Sport, du Plauze*, dachte Claudio angewidert. Nicht nur, dass er ungepflegt aussah, er roch auch ziemlich streng. Als hätte er drei Tage und Nächte ohne Schlaf durchgearbeitet.
Was der Realität entsprach. Der junge Mann mit den Rettungsringen (*Mein Herr, schaffen Sie bei der Marine?- Ha, Ha, Ha!*) war ein Streikbrecher. In den letzten Wochen war es der Gewerkschaft Medien & Kommunikation gelungen, einen Großteil der Medienwelt, Videotelephonie und Faxtum lahm zu legen. RTL2 und Kabel1 übertrugen nur noch Testbild. Auf Viva eins und zwei wurde der Betrieb mit Aushilfs-VJ's aufrechterhalten. Die Telekom schickte Streikbrecher. Claudio hielt den Moment Kaugummi kauend aus, wo Mister Bierbauch Zweitausendfünfunddreißig in Trinkgeldhaltung vor ihm stand, die Hand flach ausgestreckt. Gelassen wartete Claudio, bis der Mann sich seiner eigenen Peinlichkeit bewusst wurde und verschämt die Hand zurückzog. Als er errötete, war Claudio als Kunde vollauf zufrieden. Er grinste über beide Ohren und drückte ihm 10 Cents in die verschwitzte Pfote.
„Und jetzt kannst du gehen…"
Eigentlich hätte der Monteur noch einen Testanruf starten müssen. Stattdessen zog er schnaufend seine rutschende Hose hoch und empfahl sich. Vielleicht hätte Claudio ihm doch ein vernünftiges Trinkgeld geben sollen. Während er darüber brütete, läutete das Telefon. Leider meldete sich der Anrufer in Cache-Funktion, das heißt weder Bild noch Nummer wurden angezeigt. Er würde wohl Danny bitten müssen, ihn probeweise anzurufen. Casanova nahm den Hörer in die Hand.
„Claudio Savese, was kann ich für Sie tun?"
„Claudio?"
„Ja?"

„Entschuldigung, dass ich mich direkt bei dir melde. Ich habe deine Nummer von Marla."

„Sieh mal einer an."

Normalerweise gab Marla die Privatnummern ihrer Hengste nie direkt heraus. Offensichtlich verschob sich ihre Geschäftsideologie zugunsten einer verstärkten Kundennähe. Wenn er das nächste Mal mit ihr telefonierte, würde er das Thema anschneiden. Sie konnte nicht einfach so die Firmengrundsätze auf den Kopf stellen. Zumindest nicht, ohne ihre Angestellten darüber in Kenntnis zu setzen.

„Ich würde dich gerne treffen."

„Hat Marla dir meinen Preis genannt?"

„Ich weiß, von welcher Summe wir sprechen. Mach dir keine Sorgen, ich zahle in bar."

„Wie viel Zeit willst du?"

„Einen ganzen Abend. Komm um acht Uhr zu Burger King in den Wernerweg. Du wirst mit mir essen und über Nacht bei mir bleiben."

„Gut. woran werde ich dich erkennen?"

„Ich trage ein weinrotes Top und Blue Jeans. Mein Name ist Sarah."

„Hast du ein Glück, dass ich heute Abend frei bin. Normalerweise hättest du länger bei mir warten müssen."

„Ich weiß. Marla kennt deinen Terminkalender."

*

Claudio war überpünktlich. Es geziemte sich nicht, vor einer Dame zu essen. Er wollte warten. Sein Magen knurrte grimmig, er hatte seit dem Frühstück keine Mahlzeit mehr zu sich genommen, irgendwie war ihm heute die Zeit durch die Finger geglitten wie fein gemahlener Wüstensand. Er hatte seine Anzüge in die Reinigung gebracht, war einkaufen gewesen... und schon war es wieder Abend, die nächste Kundin wartete. Überhaupt schien er nie genügend Zeit für sein restliches Leben zu haben.

Der Hunger nagte böse an ihm. Scheiß auf die Manieren, er bestellte eine kleine Portion Pommes und eine Cola, um sich die Wartezeit zu verkürzen. Bis Sarah auftauchte.

102

Da war sie. Sie entsprach der Kurzbeschreibung, die sie ihm am Telefon angegeben hatte. In der Art, wie sie ein Bein vor das andere setzte, erkannte er die Gangart eines Hamburger Mädels wieder. Nicht sonderlich schwer zu unterscheiden, wer eine Hiesige war und wer eine Zugezogene. Unter der sandblonden Lockenpracht verbargen sich die kantigen Wangenknochen, die sie als eine Fischerstochter kategorisierten. Wirklich verblüfft war er über ihr Alter: sie mochte nicht viel älter als neunzehn Jahre sein. In der Regel waren seine Kundinnen älter.

„Guten Abend Sarah."

„Moin-moin, Claudio. Warum hast du nicht mit dem Essen auf mich gewartet?"

„Tut mir Leid, das war unhöflich. Sieh mal, ich habe nur eine kleine Portion genommen, um mir den Appetit nicht zu verderben. Wollen wir zusammen bestellen?"

„Ja, gerne."

Claudio schob seinen Plastikstuhl zur Seite. Galant nahm er sie an der Hand. Seiner Erfahrung nach reagierten junge Frauen eher überrascht, wenn der den Kavalier der alten Schule herauskehrte, nahmen es aber dankbar an. Sarah hingegen zeigte nicht die Spur einer Überraschung. Sie schwebte über die schmutzigen Fliesen des Fastfood-restaurants als wäre es ihr privater Opernball. Soviel Anmut und Grazie machten selbst Claudio sprachlos. Und plötzlich wurde ihm klar, dass sie log. Dass keine ihrer Geste echt sein konnte, weil das Bild des Bauernmädchens nur eine Falle war, in die er tappen sollte. Er witterte Berechnung auf hundert Meter. Sarah verfolgte irgendwelche Ziele, die ihm nicht klar waren. Er hätte gleich misstrauisch werden sollen, als sie ihn direkt anrief. Nie war ein Kontakt geschlossen worden ohne die Agentur. Sie hatte nie mit Marla gesprochen. Sie verbarg Ihnen etwas.

Sarahs Augen wanderten gierig über die Edelstahlregale voll mit dampfend-heißen Köstlichkeiten, während sie zwei Maximenüs bestellte. Gleichzeitig warf sie ihm Seitenblicke zu, genauso gierig wie gegenüber den Burgern, dabei aber auch abfällig. Sie sah in ihm ein Stück Fleisch, welches sie zu

kaufen beabsichtigte. Claudio hatte diesen Blick bei vielen
seiner Kundinnen gesehen. Was war an Sarah anders?
Nach dem Essen tanzten sie sich im „Krokodil" in Stimmung.
In ihrer Wohnung zog sie ihn aufs Bettsofa, wo sie ihn darum
bat, vorsichtig zu sein, weil sie noch Jungfrau war. Claudio
verstand nun endlich ihr sonderbares Verhalten. Die Pflaume
hatte sie gejuckt, sie brauchte jemand, der sie pflückt. Na
wenn es das war, damit kannte er sich aus!

Generationenkonflikt

„Morgen, Marla."

„He hübscher Mann, was gibt's? Gestern Abend warst du gar nicht zu Hause. Was treibt mein Vögelchen, wenn der Mond auf die Gassen scheint?"

„Entschuldige Mal, aber ich war mit einer Kundin aus. Das müsstest du doch wissen."

„Kein blasser Schimmer. Arbeitest du wieder auf eigene Faust?"

Obwohl er oft über dieses Thema nachgedacht hatte, verletzten ihn Marlas Zweifel an seiner Loyalität.

„Nein. Sie sagte, sie hätte meine Privatnummer von dir."

„Nie würde ich die an Kundinnen herausgeben. Egal wie viel sie bieten."

„Gut und schön, du weißt es also auch nicht. Woher hat dieses kleine Miststück wohl meine Nummer...?"

„Wie heißt sie denn?"

„Sarah Brunswick."

„Okay, ich werde mir diesen Namen merken. Und du hältst dich fern von ihr. Keine heimlichen Treffen mehr."

„Und wenn sie wieder anruft?"

„Dann sag ihr bitte, sie soll in Zukunft die Termine mit mir ausmachen."

„Danke Marla."

*

Auch ohne Sarah hatte er genug Sorgen am Hals. Er begann sich zu fragen, ob Sarah mit in diese Geschichte verstrickt war. In letzter Zeit mischten einfach zu viele Dinge sein Leben auf. Gerade als er sich einen Kaffee aufsetzte, klingelte das Telefon. Geheimnisvoll blickte ihn Sarahs Gesicht im Display an. Sie konnte ihn nicht sehen bevor er den Hörer abnahm. Warum lief ihm dann ein frostiger Schauer über den Rücken? Ihre Augen bohrten sich durch ihn hindurch und fraßen ein Loch in die Wand zum Wohnzimmer. Claudio drehte sich um und sah hinter sich das Loch mit seinen

rauchenden Rändern. Dieses Mädchen bedeutete Ärger wem
sie widerfuhr. Wurde Zeit dass er sie maßregelte.
„Was willst du?“
„Dich wieder sehen.“
„Dann vereinbare bitte einen Termin über die Agentur. Woher
hast du überhaupt meine Nummer?“
Offenbar wollte Sarah dieses Thema nicht weiter mit ihm
diskutieren. Claudio starrte wütend auf den leeren Monitor.

*

Wenig später klingelte ein anderes Telefon in der Stadt.
„Frau Brunswick ist in der Leitung.“
„Stell bitte durch.“
Sieh an, sie parierte. Marla hatte ein Händchen dafür, wie mit
schwieriger Kundschaft umzugehen war.
„Ich bin Marla Stadehorst, mein Schätzchen. Was kann ich
Ihnen anbieten? Muskulös, behaart, gutbestückt, oder lieber
den natürlichen Mann. Wir können mit allem dienen.“
„Die interessieren mich alle nicht. Ich würde gerne mit Ihnen
persönlich reden.“
Nun war Marla doch ein wenig aus der Fassung gebracht.
„Über was wollen Sie reden?“
„Bitte. Nicht am Telefon.“
„Sind sie eine dieser verrückten Reporterinnen? Ich habe der
Polizei bereits alles gesagt, was ich weiß. Die Agentur hat
sich nichts vorzuwerfen. Unsere Weste war immer absolut
rein. Ich lasse es nicht zu, das ihr Pressekanaille meine Firma
in den Schmutz zieht!“
„Wenn es Sie beruhigt, ich bin nicht von der Presse.“
„Was wollen Sie dann von mir?“
„Wie gesagt, nicht am Telefon.“
„Ich kann es nicht leiden, wenn jemand geheimnisvoll um den
heißen Brei herumschwafelt. Warum sollte ich mich auf ein
Treffen mit Ihnen einlassen?“
„Weil wir uns kennen. Und ich Ihnen bei dieser Gelegenheit
verraten werde, woher.“
„Also gut. Haben Sie heute Abend schon etwas vor?“
„Nein. Ich könnte um zwanzig Uhr in der Klippenstraße sein.“

„Da haben wir geschlossen. Ich werde allerdings noch solange im Büro bleiben. Klingeln Sie einfach unten."
„Vielen Dank. Sie werden es nicht bereuen."

*

Sarah wusste nicht, dass sie beobachtet wurde. Marla studierte das grobkörnige Bild der Überwachungskamera. Mit diebischer Freude registrierte sie, wie ihr später Gast zögerte. Dann schellte die Klingel durch die verlassenen Büroräume. Marla war mit sich und der Stille alleine. *Dann wollen wir den Engel mal hereinlassen.*
Sie bat ihr an, Platz zu nehmen. Sarah scharrte mit den Füßen auf dem Boden und kaute nervös an den Fingernägeln. Sie fühlte sich sichtlich unwohl.
„Wollen Sie mir den Grund ihres Hierseins denn nicht nennen?"
„Bitte, es ist nicht einfach."
„Ich beiße nicht. Reden Sie sich frei von der Seele."
„Ich hätte lieber einen anderen Weg gewählt, aber…"
„Warum hintergehen Sie mich und kontaktieren direkt meine Mitarbeiter?
Mit einem Satz war Sarah auf den Beinen und schrie ihrer Mutter ins Gesicht.
„Es ging mir nie um Claudio! Er war nur das Mittel zum Zweck! Ich wollte mehr über dich herausfinden, Mutter!"
„Wie hast du mich gerade genannt?"
„Mutter."
Marla hatte mit vielem gerechnet, aber damit nicht.
„Völlig unmöglich."
„Ach nein? Hast du nicht ein Kind zur Adoption freigegeben?"
„Doch, aber-"
„Ich kam in eine Pflegefamilie. Vor einigen Monaten eröffneten mir meine Eltern, dass ich nicht ihre leibliche Tochter bin. Ich machte mich auf die Suche."
„Wie hast du mich gefunden?"

„Das Jugendamt nannte mir deine Adresse. Im Telefonbuch fand ich auch die Adresse der Agentur. Ich fing an, zu recherchieren."

„Gott, was bist du durchtrieben."

„Von wem habe ich das wohl?"

Marla ging ans Fenster, starrte in den Nebel, der sich von außen gegen die Scheibe drückte. Die Gedanken geordnet, drehte sie sich zu Sarah um.

„Du hast mit dem Mann geschlafen, den ich liebe."

„Mama, woher sollte ich es wissen?"

„Du hättest fragen können!"

Als Marla schrie, klirrte die Vitrine.

„Wie konntest du mich so hintergehen? Woher hast du überhaupt seine Nummer?"

„Wie du sicher weißt", entgegnete Sarah kühl, „steht deine Firma im Internet. Wie jede halbwegs seriöse Firma. Und all deine Mitarbeiter sind dort versammelt, mit Foto und Beschreibung. Es war ein Leichtes, Claudios Telefonnummer herauszubekommen."

„Du hast geschnüffelt."

„Ja. Das habe ich wohl."

Sarah errötete. Sie hatte ihren Erkundungsgang durch Marlas Büro beendet und setzte sich jetzt in einen der violetten Empfangssessel. Mutters Briefbeschwerer lag ihr schwer in der Hand. Eine Bleikristallkugel mit einem eingelassenen Farbstrudel. Sie schwieg sich aus. Mürrisch stülpte sie die Unterlippe vor. Wie ein schmollendes Kleinkind.

„Ich wollte meine Mutter sehen. Ist das so schwer zu verstehen?"

„Du hättest mich anrufen können. Warum Claudio?"

„Weil er mein Weg war. Ich dachte, ich könnte über ihn an dich kommen. Außerdem ist er ein schöner Mann, nicht wahr? Ich hatte es satt, eine Jungfrau zu sein."

„Schweig."

„Unser erstes Mutter-Tochter-Gespräch."

„Schweig, ich bitte dich."

Beide konnten sie sich nicht in die Augen sehen. Marla drückte auf den Knopf der Gegensprechanlage und bat ihre Sekretärin um zwei Tassen Tee. Späte Mutterfreuden, verdammte Scheiße! Sie schwiegen sich an, warteten auf Frau Westermann mit dem Tablett.

„Gehen Sie nach Hause, Frau Westermann. Ich brauche sie heute nicht mehr."

Beim Hinausgehen hing ihr Blick auf ihnen. Mein Gott, wie ähnlich sich beide Frauen waren. Sowohl ihre Chefin als die geheimnisvolle Unbekannte waren in verzweifeltem Hass erstarrt.

Auch der Tee schaffte es nicht, die elementare Stille zu durchbrechen. Wer ohne Sünde war, der werfe ein neues Wort in die Runde. Jede in ihrer Ecke blies den Tee kalt. Dann nahm Sarah den ersten Schluck und fragte:

„Seit meinem vierten Lebensjahr lebe ich bei Adoptiveltern. Seit zwei Jahren weiß ich, dass ich eine wirkliche Mutter habe, irgendwo da draußen. Weitere zwölf Monate mühsame Recherche hat es mich gekostet, um dich schließlich zu finden. Wochen noch, um den Mut aufzubringen. Um alles über meine wahre Existenz zu erfahren. Und alles was ich in dir sehe ist nur Wut. Hasst du mich, oder gar dich selbst?"

Marla zuckte zusammen ob der unerwarteten Härte ihrer Tochter. Das hat sie von mir, dachte sie betroffen.

„Sarah, ich war damals so jung…"

„Mutter, ich will es wissen."

Marla rollte mit ihrem Chefsessel zum Wandsafe herum, gab den nur ihr bekannten Zahlencode ein. Sie öffnete die Stahltür und nahm einen einzelnen Briefumschlag heraus, der von der Zeit angegilbt war. Sarah trat einen Schritt näher heran, als Marla den Inhalt auf dem Schreibtisch ausbreitete. Die Fotos waren alt, an den Rändern zerknittert. Sie fragte sich, ob sie oft durch Marlas Finger geglitten waren. Auf ihnen war ein Mann zu sehen. Er trug einen blonden Backenbart, wie es vor knapp zwanzig Jahren wohl Mode gewesen sein mochte. Über dem weißen Unterhemd lugte der Ansatz einer Tätowierung heraus.

„Siehst du? Der Drache war sein chinesisches Tierkreiszeichen. Ein verkokster Nadelmeister auf St. Pauli hatte es ihm gestochen."

„Ist das mein Vater?"

„Kai, so war sein Name. In einer Rockerkneipe hatte er mich angesprochen. Weißt du, ich war nicht immer die Geschäftsfrau im Nadelstreifenkostüm, die du vor dir siehst. Ich trug Lederminis und ausgefranste T-Shirts. Darauf ist er wohl abgefahren. Er war ein richtiger Mann mit Motorrad und allem. Wir waren glücklich miteinander, aber jeder hatte seine eigene Wohnung. Ich wäre bereit gewesen, meine Freiheit aufzugeben, er hingegen nicht.
„Was ist aus ihm geworden?"
„Nach deiner Geburt habe ich ihn aus den Augen verloren. Oder anders ausgedrückt: Er hat sich schnell aus dem Staub gemacht. Besser für dich, wenn du ihn nie gekannt hast. Er war ein verantwortungsloser Herumtreiber. Nicht ein Deut von Kindsvater in ihm."

„Warum hast du dich dann von ihm schwängern lassen?"
„Herrgott, ich war jung und naiv. Er versprach mir die Sterne des Himmels. Und als die Sterne auf die Erde fielen, als er mich längst aufs Abstellgleis stellte-"
„Was, Mutter, was?"
„Ich kann es dir nicht sagen."
„Gleich, was es ist. Sag es mir."
„Spielt es denn heute noch eine Rolle, wie oft er mich betrogen hat?"
Marla ging ans Fenster, drückte eine Lamelle der Jalousie herunter und starrte auf das Hamburger Häuserdickicht. Für die letzte Wahrheit wagte sie es nicht, ihrer Tochter in die Augen zu sehen.
„Wenn ich schwanger wäre, würde er bei mir bleiben. Es klang so logisch. Also setzte ich die Pille ab."
„Mutter!"
„Es ist wahr. Leider erreichte ich das Gegenteil. Er verließ mit Sack und Pack die Stadt, seitdem habe ich kein Lebenszeichen von ihm, nie hat er mir Unterhalt gezahlt."
„War ich für dich nur Mittel zum Zweck?"
Sarah stieß die Worte gegen die leere Wand von Marlas Rücken. Dort prallten sie ab, wie Pfeile von einem Panzer. Ihre Mutter biss sich auf die Lippe. Wutentbrannt knallte

Sarah den Briefbeschwerer gegen die Wand, wo er in Tausende Glassplitter zerbarst.

„Deswegen fühlte ich mich nie als eine richtige Mutter. Ich konnte dich nicht lieb haben. Und als Kai mich dann verließ, hasste ich dich. Für meine Jugend, meine Freiheit, die ich für dich hingeschmissen hatte. Da gab ich dich zur Adoption frei.“

„Gott, was für ein eiskaltes Drecksstück du doch bist.“

„Sarah, lass es gut sein. Vierzehn Jahre sind vergangen, du hasst mich, ich hasse dich. Du hast mir Claudio weggenommen. Verschwinde aus meinem Leben. Ich will dich nie mehr sehen.“

„Ich dich auch nicht, Mutter!

Sarah schloss mit diesem Kapitel ab und ging.

*

Sarah rannte blind auf die Straße hinaus. Sie stolperte über den Kinderwagen einer Türkin mit Kopftuch, die sie in fremden Worten beschimpfte, welche an ihr vorbeizogen wie Silberbläschen, entfernte Sterne in den Galaxien. Beim Versuch, ihren Sturz abzufangen, schürfte sie sich die Handflächen auf. Der Schmerz pumpte neue Tränen durch ihre Augen. Kein neues Ziel vor Augen, rappelte sie sich auf. Sie ließ sich treiben. Der Sog der Zeit verschluckte sie, buchstäblich. Sehen Sie die Litfaßsäule durch sie hindurch? Sarah verblasste vor unser aller Augen. Sie gehörte ab jetzt der Stadt und die Stadt wusste um ihre Geheimnisse. Sie wahrte sie in ihren dunklen Gassen aus Kopfsteinpflaster. Und jeder Stein war ein Mensch, der verloren ging.

*

In ihrer Handtasche fand sie ein Kleenextuch, mit dem sie sich das Gesicht wischte. Die dunklen Spuren deuteten darauf hin, dass ihr Makeup sich auflöste. Mit einem Neuen wischte sie sich die letzten Reste ab. Im Taschenspiegel sah sie nun verquollen aus, aber einigermaßen tageslichttauglich. Die Schutzmauer, die das Makeup um sie errichtete, war dahin.

Sie hatte es herausgefordert, nicht wahr? Wenn man alles auf
eine Karte setzte, musste man damit rechnen.
Eine bleierne Müdigkeit überfiel ihre Gliedmaßen, als sie an
der Nebelbank vorbeikam. Ein schöner, heißer Grog wäre eine
gute Idee. Ein Seelenwärmer, wie die Matrosen sagten. Sie
trat ein und sagte:
„Du!“
„Ja, ich.“
„Warum ausgerechnet du?“
„Lass uns reden.“
Sarah war verloren.

Neue Informationen

Die Scheidung hatte eine tiefe Wunde in Inspektor Neuss Seele hinterlassen. Am Schlimmsten war der Schmerz darüber, dass Renate den einen oder anderen Platzhalter für das Ehebett gefunden hatte. Das Miststück hatte seinen Stolz gekränkt, den Stolz der jeden Mann anrührt, wenn er betrogen wird. Er war nicht soweit, es sich als simple Eifersucht einzugestehen. Warum hatte sie nicht mit ihm geredet, bevor sie es tat? Er hätte sich bestimmt mehr Mühe geben können. Auf sie eingehen. Ein Teil war ihm genommen wurden und durch maßlose Wut ersetzt worden. Bei der Aufarbeitung des ihm angetanen Leids versuchte er, soviel wie möglich über die Agentur herauszubekommen. Er war nie auf Rache aus. Wollte lediglich seinen Verstand beschäftigen, der so furchtbar leer zurückgelassen wurde. Das Schöne an einer Trennung war die viele Zeit, die einem blieb. Und gefüllt werden musste. Er kannte Sarah nicht, bevor er ihre Leiche sah, also wusste er nicht, dass sie ähnliche Recherchen betrieb wie er, wenn auch aus einem völlig anderem Beweggrund. Als sie noch lebte, hätte sie ihm bestimmt nützliche Tipps geben können. Bedauerlicherweise kreuzten sich ihre Lebensbahnen nicht vorher. Es hätte den Lauf der Geschehnisse wesentlich verändern können. Und vielleicht wären weniger Menschen gestorben, wer weiß?
Nach der Scheidung hatte Neuss die gemeinsame Wohnung nicht mehr halten können. Er bezog eine ziemlich heruntergekommene Wohnung in Sankt Georg. Die Wohnwand, ein raumgreifendes Teil in Eiche rustikal, war verschwunden. Seine Frau hatte ihm nur wenige Habseligkeiten übrig gelassen. Zum ersten Mal seit zwanzig Jahren war er allein auf die Suche einer neuen Einrichtung gegangen. Ikea lieferte ihm allgemeingültige Antworten, die ihn trotzdem nicht zufrieden stellten. Auf seinem neuen Schreibtisch lag eine rote Kladde, in der der alle nützlichen Informationen zur Agentur sammelte.
In den vergangenen Jahren war er sich vorgekommen wie ein Geheimagent ihrer Majestät, allein & vergessen auf seinem Posten. Inoffizieller Mitarbeiter des Staatssicherheitsdienstes.

Wenn in Hamburg die Lichter langsam ausgingen, blieb die Glühbirne in seiner Küche an, während er Steinmanns Unterlagen über die Hengste durchging. Und wenn das Verlangen nach Bier in ihm tobte, wenn es ihm nicht nach einer Flasche gelüstete, sondern gleich nach einem ganzen Dutzend, brühte er sich eine Tasse Tee auf, grimmig lächelnd. Zehn Jahre war er trocken. Er konnte sich noch zu gut an die Zeit erinnern, als die Trinkerei ihn fast den Job gekostet hätte. Selbst auf Streife war er selten nüchtern gewesen. Mentholpastillen waren seine ständigen Begleiter gewesen. Bloß nicht Pfefferminz, die halfen wenig. Eine kurze Brise über eine Fahne, die eine ganze Armada frischer Luft gebraucht hätte. Damals war er noch ganz normal Streife gefahren. Und hatte Führerscheine konfisziert, wobei er peinlich genau darauf achtete, den Verdächtigen nicht direkt ins Gesicht zu atmen, weil er selbst jedes Anrecht auf eine Fahrerlaubnis längst verwirkt hatte. Scham beflügelte ihn zu enormen Dienstleistungen. Unter seiner Verantwortung konnte die Bußgeldstelle Hamburg West erhebliche Umsatzsteigerungen verzeichnen. Und gleichzeitig schämte er sich zutiefst. Wenn er mit Kollege Müller sich einen Absacker nach Dienstschluss genehmigte. Oder nach Hause zurückkehrte, und heimlich still und leise die Hausbar knackte. Immer in der Angst, seine Frau oder sein kleiner Sohn könnte aufwachen und das Familienoberhaupt mit der Schnapsflasche erwischen. Wenn er glaubte, wirklich genug zu haben, stellte er die (meistens leere) Flasche wieder zurück und schmiegte sich in die Bettlaken zu Seiten seiner Frau. Sein Schlaf war unruhig, geplagt von Träumen und häufigen Toilettengängen, um das viele Bier abzulassen. Dabei schlief Renate genauso schlecht, da das lautstarke Schnarchen ihres Mannes sie wach hielt.

*

Müller war es schließlich gewesen, der ihn auf sein Problem angesprochen hatte.
„Horst, hast du mal eine Sekunde Zeit?“

Er zog sich gerade das Diensthalfter über, in den stickigen Umkleideräumen der Wache. Ihre Streife würde bald beginnen.
„Klar doch."
„Du hast ein Alkoholproblem."
Kalter Angstschweiß. Trotz der ganzen Versteckspiele war man ihm auf die Schliche gekommen.
„Mein Gott, jeder von uns trinkt mal einen über den Durst."
„Ich meine das ernst. selbst jetzt bist du betrunken."
Schamesröte stieg Neuss ins Gesicht. Draußen zwitscherten die Vögel, es war zehn Uhr morgens.
„Entweder du gehst zum Amtsarzt oder ich schleppe dich dorthin."
Neuss wusste, wann ein Match verloren war. Hatte selbst Dutzende Verdächtige verhört und diesen Moment erlebt. Wenn die Fakten über ihnen zusammenbrachen wie ein Kartenhaus. Manchmal, wenn er so einen armen Wicht vor sich hatte, der seine missliche Lage nicht selbst verschuldet hatte, verspürte er Mitleid (was er sofort verbarg). Selbstmitleid war ein Luxus, aus dem er mit vollen Händen schöpfen, sich nun aber nicht mehr leisten konnte.
Er seufzte. Der Korridor zog sich in die Länge, der Salmiakgeist des frisch geputzten Linoleums stieß Brechreiz hervor. Die Tür am Ende war der Ausgang, der Ausgang aus seinem Leben: die Stube des Amtsarztes.

*

Seine Ehe war nicht mehr zu retten gewesen. Er fand sich alleine in der Küche wieder, wo er Patiencen legte. Besondere Karten. Die Rückseiten waren von einem handelsüblichen Blatt nicht zu unterscheiden. Blicken wir Inspektor Neuss doch einmal genauer über die Schulter. Vor ihm lag eine Reihe von sieben Karten. Bedächtig drehte er eine nach der anderen rum. Statt Buben und Königen sehen sie hoch auflösende Computerausdrucke von gutaussehenden jungen Männern. Blicke, als wollten sie die Fotografin flachlegen. Professionelle, aalglatte Gesichter. Ganz anders als Fahndungsfotos. Denn auf denen waren keine Pickel oder

Hautunreinheiten digital wegretuschiert worden. Dennoch hatte er hier Kandidaten vor sich, die auf der Liste der zehn meistgesuchtesten Arschlöcher der Bundesrepublik lagen. Jedenfalls im Mikrokosmos seiner beengten neuen Bleibe, wo er uneingeschränkt Gott sein durfte. Die Trockenheit ließ ihn wieder fühlen, und eines der ersten Gefühle nach der abgestumpften Leere, die ihn jahrelang begleitet hatte, war Wut. Sein unkontrollierbar aufbrausendes Temperament hatte in seiner Jugend für fortwährende Probleme gesorgt.

*

„Frau Neuss, der Grund ihres Hierseins ist ihr Sohn, wie sie sicher wissen."
Nachdenklich strich sich Rektor Kioglu durch den Backenbart, dann öffnete er die Mappe, die auf dem schweren Eichenschreibtisch die ganze Zeit auf ihren Moment gewartet hatte.
„Letztes Jahr. Horst zündete mehrere Mülleimer im Pausenhof an. Nur durch viel Glück und das beherzte Eingreifen des Hausmeisters konnte eine Ausbreitung des Brandes verhindert werden. Im Unterricht ist er meist unaufmerksam, stört, wo er nur kann. Sicher erinnern sie sich an den dreitägigen Ausschluss vom Unterricht, als er einen Mitschüler gebissen hatte."
„Ehrlich gesagt nein. Höre ich heute zum ersten Mal."
„Wundert mich eigentlich nicht bei seiner kriminellen Energie. Bestimmt hat er die Unterschrift des Erziehungsberechtigten gefälscht. Na mein Kleiner, war das so?"
Horst Neuss schwieg. Hätte er die Worte aller Verhafteten dieser Welt damals schon gekannt, hätte er jetzt gesagt: Ohne meinen Anwalt sage ich Nichts.
„Willst nichts sagen, hm?"
Kioglu ließ Mathias links liegen und wandte sein Augenmerk auf die Mutter.
„Schutzgelderpressung von Erstklässlern. Lange Zeit unbemerkt- bis gestern, als Herr Wurmbradt ihn auf frischer

Tat ertappte. Wie er einen Kleinen krankenhausreif schlug, weil der nicht zahlen wollte."

„Es tut mir so Leid."

„Glauben Sie, damit wäre es getan? So sehr ich es auch bedaure, mir bleibt keine andere Wahl, als ihn dauerhaft der Schule zu verweisen."

*

Seine Mutter war in Tränen ausgebrochen, Horst wechselte auf die Sophie-Scholl-Grundschule. Was längere Busfahrten bedeutete. Im Nachhinein erschien es ihm erstaunlich, dass er sich unter diesen Umständen für eine Karriere als Polizeibeamter entschieden hatte. Manchmal bezweifelten sogar Kollegen, dass seine Berufswahl die Richtige war. Da war die Sache mit dem afrikanischen Drogendealer gewesen, wo ihm der Geduldsfaden riss. Er hatte einen grauenhaften Kater mit einem billigen Schnaps abgetötet, als er zum Verhör gerufen wurde. Mit bewusster Willensanstrengung befahl er den Muskeln in seiner Speiseröhre, die aufsteigende Magensäure unten zu lassen. Ein schmerzhafter Ausdruck verzerrte sein Gesicht. Und nun würde das arme Schwein leiden müssen, das ihn in seinem Kater gestört hatte. Verdammt, er hätte noch ein oder zwei ruhige Stunden über den Wochenberichten brüten können, bis sein Kater verflogen war. Vielleicht hätte er sich noch die eine oder andere Tasse Kaffee mit Schuss genehmigt. Auf jeden Fall wäre es besser gewesen, wenn sie in ihn in Ruhe gelassen hätten.

*

„Du weißt also nicht, wo der Stoff herkommt."

„Nix weiss, nicht habe in Tasche gehabt, als heute Morgen aufgewacht. Andere Mann rei'gesteckt."

„Und du weißt auch nicht, wer das Päckchen da reingetan haben soll?"

„Nix weiß."

Neuss hatte genug von Yassou Patele. Verdammt, alle diese Wichser waren gleich, taten so als wären sie die Ariel-

Werbung persönlich, sauberer als sauber. Als würde ihnen die Scheiße aus dem Arschloch fallen, ohne Bremsspuren zu hinterlassen. Was hatte sein Vater mit kleinen Hunden gemacht, die auf den Teppich schissen? Sie mit der Nase direkt hineingedrückt. Damit sie daraus lernten.

„Ich will dir glauben."

„Häh?"

Schneller als Petele reagieren konnte, hatte er eine kleben. Seine schwarze Wange brannte wie Feuer, sie nahm einen rotbraunen Ton an.

„Versuch bloß nicht, mich zu verarschen. Du hältst dich wohl für besonders schlau. Für mich bist du nur ein dummer kleiner Pisser, hast du mich verstanden?"

Petele schwieg. Weder nickte er, noch schüttelte er den Kopf.

„Ich stelle dir ein paar einfache Fragen. Und du wirst mir ebenso einfach und klar antworten."

Neuss Schläfen pochten. Dumpfe Kopfschmerzen kündigten sich an. Plötzlich wechselte er seine Taktik. Er gab sich liebevoll.

„Sieh mal, ich weiß, dass du nur ein Strohmann bist. Und du willst doch nicht für deine Kumpels ins Kittchen wandern, oder?"

„Nein, Herr Kommissar."

„Dann kannst du mir doch bestimmt sagen, von wem du die Drogen hast."

„Ich weiß es nicht."

„Falsche Antwort."

Im nächsten Moment stolperte Petele gegen die Wand und hielt sich seine blutende Nase.

„Spiel nicht mit mir und ich spiele nicht mit dir."

Der kleine Wichser hatte eine Lektion zu lehren. Neuss prügelte ihn durch den Verhörraum. Peteles Schreie wurden von den schalldichten Mauern verschluckt. Mit seinen derben Dienstschuhen trat Neuss in die Nieren des Verdächtigen. Dann zog er den Schniefenden an sich hoch, so dass er sein Gesicht auf Augenhöhe bekam.

„Ich gebe dir noch eine letzte Chance. Spucks's aus!"

„Bit-te…"

Petele blubberte. Reichlich unsanft schmiss Neuss ihn zu Boden. Er riss den Beutel Koks auf, der vor ihnen auf dem Verhörtisch gelegen hatte.
„Da, friss den Dreck!"
Wie dem kleinen Hund, den sein Vater bestraft hatte, zwang er es ihm hinein.

*

Petele starb auf dem kalten Linoleumboden mit Schaum vor dem Mund. Der Gerichtsmediziner diagnostizierte Herzversagen durch eine Überdosis Betäubungsmittel. Keiner stellte Fragen, wie er an die Drogen kam. Man ging davon aus, dass er einen Beutel im Magen geschmuggelt hatte, der dann unerwartet aufgeplatzt war. Der Bedeutung der inneren Blutungen wurde nicht näher nachgegangen. Polizisten hielten zusammen. Zwei Monate später wurde Neuss zum Inspektor befördert. Gleichzeitig versetzte man ihn in eine andere Wache. So lösten sie hier Probleme.

*

Wieder zurück zu seinen Problemen. Sie hießen Dariusz, Rico, Justin, Kai, Vasfin, Sergio und Claudio. Alles Hengste der Agentur. Und Marla natürlich. Die Isebel, die er nur zu gerne aus dem Fenster gestoßen hätte. Zenturionen der Ruchlosigkeit. Wenn es in seiner Macht gestanden hätte, bekäme die Agentur in Hamburg keinen Fuß mehr in die Tür. Aber eine Institution ließ sich nicht so einfach aus dem Sockel hebeln. Genauso könnte er versuchen, Frentzen aus dem Amt zu befördern. Der Stadtpatriarch würde wahrscheinlich auf Lebzeiten regieren, und wenn ihm noch so viel Dreck am Stecken klebte. Gleiches galt für die Agentur.
Sieben Gesichter strahlten ihm entgegen. Wer von euch hat meine Frau bestiegen? Inspektor Neuss legte Patiencen. Als Steinmann anrief, war er über den Karten eingenickt.

*

„Ich habe da etwas, was Sie interessieren könnte."
„Was, Steinmann?"
„Sind Sie mit dem Fall Anita Schneider vertraut?"
„Teils, teils. Soweit ich weiß, führt Jannsen die Ermittlungen."
„Richtig. Er hat herausgefunden, dass Frau Schneider Kundin der Agentur war. Wie Carola Frenzick."
„Sagen Sie das noch mal!"
„Vielleicht nur ein dummer Zufall. Momentan freuen wir uns über jeden noch so kleinen Anhaltspunkt. Was denken Sie?"
„Hm, hm. Möglicherweise gibt es da Zusammenhänge. Lassen Sie mich mal machen, Steinmann."
„Viel Glück, Chef."

*

Derger erwartete ihn bereits mit sorgenvoller Miene.
„Die haben wir heute Morgen gefunden."
Auf den Fotos lag eine nackte Frauenleiche, zwischen Dreck und Unrat.
„Sind das postmortale Blutablagerungen, oder…"
„Leider nein. Sie wurde zu Tode geprügelt."
„Kennen wir ihre Identität?"
„Bislang tappen wir im Dunkeln, Inspektor Neuss. Am Tatort wurden keine Kleidungsstücke gefunden. Dafür haben wir ihre Handtasche."
„Wieso macht sich der Täter solche Mühe, ihre Herkunft zu verwischen und lässt dann die Handtasche zurück?"
„Weil er sie mit ihrem Riemen erwürgte."
„Ich dachte, er hätte sie zu Tode geprügelt?"
„Schön wäre es. Die Schläge waren nur das Vorspiel."
„Nun, was gibt der Inhalt ihrer Handtasche her?"
„Folgen Sie mir."
Auf Dergers Schreibtisch waren die letzten Habseligkeiten der Unbekannten in sterilen Kunststoffbehältern konserviert.
„Feuerzeug und Zigaretten. Ein kleiner Spiegel. Eine Packung Tempos. Eine Bürste. Triviales, was jede Frau bei sich führen könnte. Kein Personalausweis, Bankkarte oder Ähnliches mit

120

ihrem Namen darauf. Aufschluss könnte uns vielleicht dies hier geben."

Die Agentur
…Unsere Traummänner erfüllen ihre Wünsche

Tel.: 030/73894
Fax.: 030/73895
www.hengststall_hamburg.de

„Diese Drecksfotze!"
„Herr Inspektor, alles was recht ist, aber…!"
„Bringen Sie mir eine Tasse Kaffee und halten Sie die Klappe."

Kaltes Buffet

Als das Telefon läutete, war Marla gerade dabei, ihre E-Mails durchzugehen. Auf dem Display erschien ein Mann mit ernsten Gesichtszügen. Er mochte auf die fünfzig zugehen, sein akkurat geschnittener Vollbart wies etliche graue Strähnen auf. Ein Bulle. Er hatte noch kein Wort gesprochen, war auch nicht nötig. Leute wie ihn kannte sie. Und verputzte sie zum Frühstück, wenn es nötig war. In den ganzen Jahren, wo sie die Agentur betrieb, hatten die Behörden in verschiedener Hinsicht versucht, ihr ans Bein zu Pissen. Prostitution- und Nichts anders war ihr Geschäft- war den bundesdeutschen Behörden nicht geheuer. Auch wenn der Berufsstand etablierter war denn je.

„Die Agentur, Sie sprechen mit Marla Stadehorst, was kann ich für Sie tun?"

„Inspektor Neuss von der Kripo Hamburg. Wir bitten um ihre Mithilfe bei der Identifizierung einer Leiche."

„Wessen Leiche?"

„Frau Stadehorst, das kann ich Ihnen am Telefon nicht sagen. Hätten Sie um halb Zehn Zeit?"

„Bis jetzt habe ich keinen Termin."

„Dann sehen wir uns in der Leichenhalle am alten Stadtfriedhof. Finden Sie den Weg?"

„Wenn nicht ich, dann mein CarNavigat."

Neuss stand draußen und wartete. Immerhin war Frau Stadehorst pünktlich. Ein leichter Wind wehte eine Staubwolke über den ausgedörrten Parkplatz. Als es sich lichtete, war diese Frau eine Erscheinung. Mit der Anmut eines Raubtieres setzte sie ein Bein vor das Andere. Als sie sich die Sonnenbrille in die Haare schob, wurde er ihrer dschungelgrünen Augen gewahr. Diese Frau hatte es in sich. Er musste aufpassen.

„Also, Inspektor Neuss. Erklären Sie mir den Grund ihres Hierseins."

„Folgen Sie mir. Sie werden sehen."

Die Körpertemperatur der aufgebahrten Leichen konnte nicht wärmer sein als die Stimmung der Beiden. Sie nahmen am Schreibtisch des Gerichtsmediziners Platz. Neuss ließ den erstbesten Kugelschreiber den er fand, durch seine Hände wandern. Ein gelb-weißes Plastikteil mit dem Werbeaufdruck von Klaasen Druckvertriebe. Schließlich legte er ihn weg und sah Marla in die Augen.

„Gestern wurde die Leiche einer jungen Frau gefunden. Unglücklicherweise trug sie keinerlei Papiere bei sich. Aber in ihrer Handtasche lag eine Visitenkarte der Agentur. Wir hegen derzeit keinen Verdacht gegen Sie, Frau Stadehorst. Wir erhoffen uns aus Ihrer Aussage lediglich Rückschlüsse über die Identität der Leiche."

„Inspektor, würden Sie den ganzen Aufwand veranstalten, wenn die Frau eines natürlichen Todes gestorben wäre?"

„Das geht Sie nichts an. Es gibt keinen Grund, warum Sie mir misstrauen müssten. Wie gesagt, uns geht es um die Ermittlung der Personalien. Wenn Sie mir folgen würden…"

Er log. Zu zielsicher trat Neuss auf die richtige Schublade an der Wand heran. Der Mistkerl hielt mit seinem Wissen hinter dem Berg. Er war vorher hier gewesen, hatte bestimmt bei der Leiche gesessen und sich das Hirn zermartert, wie er die ganze Sache Marla anhängen sollte. Neuss zog den langen Edelstahlschubkasten heraus. Ein undurchsichtiger Plastikbeutel ließ kaum Platz für Mutmaßungen. Neuss zog den Reisverschluss auf. Marla wappnete sich gegen den üblen Geruch, aber das war Nichts. Sarah war noch nicht lange tot.

Plötzlich ergriff eine elementare Taubheit von ihren Beinen Besitz. Dann von ihrem ganzen Körper. Als hätte der Zahnarzt eine Spritze gesetzt, die zu gut wirkte. Neuss war die Veränderung auf ihrem Gesicht nicht entgangen.

„Ja, ich kenne sie."

„Wollen Sie mir ihren Namen verraten?"

„Das ist Sarah. Meine Tochter."

„Laut meinen Unterlagen haben Sie keine Kinder."

„Sie haben geschnüffelt, was? Hätte ich mir ja denken können."

„Ich führe Ermittlungen durch, das ist mein Job."

„Und mein Job ist es, misstrauisch zu sein."

„Hatten Sie einen guten Draht zu Ihrer Tochter?"

Marla kramte in ihrer Handtasche nach einer Packung West. Mit einem tiefen Zug Rauch in der Lunge sprach es sich freier. Sie beruhigte sich, fand wieder zu ihrem Selbst zurück.

„Nicht wirklich. Ich gab Sarah mit vier Jahren zur Adoption frei.“

„Das liegt Jahre zurück. Wieso haben Sie sie so schnell wieder erkannt?“

„Vor ein paar Tagen hat sie mich aufgesucht.“

„Was wollte Sie?“

„Sie hat ihre wahre Mutter gesucht. Normal, finden Sie nicht?“

„Durchaus. Dann heißt sie wohl nicht Stadehorst…?“

„Nein. Aber ich habe sie nicht nach dem Namen ihrer Adoptivfamilie gefragt.“

„Wie verlief denn dieses Treffen?“

Marla blickte sich um, da kein Aschenbecher zu sehen war, streifte sie ihre Zigarette an der leeren Metallschale auf einer der Bahren ab. Sie schauderte bei dem Gedanken, wozu die Schale wohl dienen mochte.

„Sarah fand nicht, was sie erwartete. Aber Herrgottnochmal, was sollte ich denn machen? Nach sechzehn Jahren den Schalter im Kopf umlegen und auf einmal ihre lang ersehnte Traummutter sein. Träume sind wie Seifenblasen. Sie zerplatzen.“

„So wie Sarah, nicht? Ihre Reaktion muss sie ziemlich fertig gemacht haben. Haben Sie mir wirklich nicht mehr zu sagen, Frau Stadehorst?“

„Herr Inspektor, Sie verschwenden ihre Zeit. Sarahs Tod ist mit Sicherheit tragisch, aber ich weiß nicht mehr, als ich Ihnen bereits gesagt habe.“

„Belassen wir es dabei, Frau Stadehorst. Ich melde mich wieder, wenn ich neue Fragen habe.“

*

Womit sie Recht hatte. Neuss machte sich Gedanken. Doch ihre sorgfältig aufgesetzte Maskerade vermochte nicht, ihn zu täuschen. Er kehrte sofort auf die Wache zurück und fütterte die Suchmaschine des Bundeskriminalamts mit den Daten über Sarah Brunswick.

Da war alles klar und übersichtlich aufgelistet. Leider nichts über Sarahs Vater, was Neuss aber auch nicht sonderlich verwunderte, die allgemeinen Praxisstatuten des Hamburger Jugendamtes waren ihn bestens vertraut. Frauen, die ihre Kinder zur Adoption freigaben, mussten keine Angaben zum biologischen Vater machen. Ihre Daten wurden mit höchster Diskretion behandelt. Diskret, aber nicht verborgen. Am dreizehnten Januar zweitausendneunzehn brachte Marla Stadehorst ein kleines Mädchen namens Sarah zur Welt. Wenige Monate später wurde es in die Obhut des Jugendheims Petersberg gegeben, von wo aus sie in der Pflegefamilie Brunswick untergebracht wurde. Nach dem Abitur schrieb sie sich an der Uni ein. Sozialpädagogik. Ihre Mitstudenten beschrieben sie als ein lebenslustiges junges Mädchen. Obwohl sie Stammgast auf den ganzen Campuspartys war, stand sie nicht im Ruf, eine Schlampe zu sein. Man schätzte sie für ihre integre Art. Laut ihrer Zimmernachbarin war sie zum Todeszeitpunkt Single. Ihre Polizeiakte war blütenweiß, nicht ein verdammter Eintrag. Wäre sie einmal straffällig geworden, hätte man leichter Rückschlüsse ziehen können. Nur irgendeine Auffälligkeit. Für Neuss war sie verdächtig, weil sie nicht verdächtig war.
Vielversprechender war da das Gespräch mit ihrem Kommilitonen Norbert. Er hatte ihm von dem Abend berichtet, wo Sarah seine Hilfe in Anspruch nahm. Wie sich zeigte, spielte Sarah mit demselben Blatt Karten. Die eingescannten Bilder waren immer noch auf dem Rechner.
„Ihr war es egal, wessen Adresse ich ihr besorgen konnte. Keine Ahnung, wer die Herren sind.“
Norbert tat bestimmt gut daran, nicht zu viel auszuplaudern. Nicht alle seiner Datenquellen waren legal. Neuss wusste das und Norbert ebenso. Keiner von ihnen sprach darüber. Für den Moment war Neuss zufrieden, neue Informationen über Sarah Brunswick erhalten zu haben. Er ließ Norbert stehen und fütterte die neuen Daten im Laptop seines Dienstwagens ein.

Claudio Savese. Wohnhaft Luisenstraße siebenunddreißig. Arbeitgeber: Die Agentur.

Moment. Stutzig blickte Neuss auf den Bildschirm. Marla und ihre verdammte Agentur. Alle Fäden liefen dort zusammen.

*

Zurück auf der Wache. Neuss hatte unten ein neues Packet Zigaretten gezogen, sein Verbrauch erreichte längst wieder horrende Werte wie vor dem Entzug.

„Zurück, Herr Inspektor?"

„Hmh."

Neuss steuerte auf die Kaffeemaschine zu.

„Das Labor hat uns neue Ergebnisse zugemailt. Die Fingerabdrücke in Frentzens Wohnung sind identifiziert."

„Lassen Sie mich raten, Derger. Ist es Savese?"

Derger war wirklich überrascht.

„Woher wussten Sie es, Chef?"

„Nur so eine Ahnung."

„Was werden Sie als Nächstes tun?"

„Noch mal Frau Stadehorst aufsuchen."

„Was hat sie mit der ganzen Sache zu tun?"

„Herr Savese arbeitet für sie. Ich brenne vor Neugier, was sie mir zum Tatzeitpunkt sagen kann. Ob der Bursche ein Alibi hat oder keines."

Insgeheim jedoch machte er sich darüber Gedanken, ob Frau Stadehorst ihren Schützling decken würde. Er kannte sich aus in diesen Dingen, verdankte ihnen vielleicht sogar seine Karriere. Wenn seine Kollegen oder sein Chef nicht manchmal geschwiegen oder auch gelogen hätten, würde er heute wohl Toiletten putzen.

*

„Frau Stadehorst?"

Da war er wieder. Der nervtötende Inspektor.

„Was wollen Sie von mir? Ich habe Ihnen doch alles gesagt."

Marla war den Tränen nahe.

„Ich weiß, ich weiß."

126

Er spielte. Er tanzte. Mühsam unterdrückte er ein Lachen.
„Und Sie wissen auch diesmal Nichts.“
„Von was sollte ich wissen?“
„Nun, ihre Geschäfte sind bestimmt schwer geworden. Ihre Kundinnen sterben Ihnen weg wie die Fliegen. Bescheidenheit stände ihnen momentan besser zu Gesicht, Frau Stadehorst. Sagen Sie mir, wo sich ihr toller Hengst Claudio Savese in der Nacht zum achtzehnten August aufhielt.“
„Moment. Ich muss einen Blick in den Terminkalender werfen.“
Neuss sah, wie sie ihr Gesicht abwandte. Die Auflösung des Monitors war nicht gut genug, und sein Diensttelefon verfügte nicht über eine Zoomfunktion. Der Senat hatte eine Aufstockung des Polizeietats im Frühjahr nicht bewilligt. Deutschlands Rechtsstaat hinkte dem restlichen Europa in Sachen technischem Standard weit hinterher. So konnte er nicht genau erkennen, was Marla am Computer tippte, noch ahnte er, was auf ihrem Bildschirm wirklich ablief.
„Da hatte er einen Termin mit einer Kundin.“
„Mit wem, wenn ich fragen darf?“
„Herr Inspektor, es tut mir wirklich Leid, aber ich kann keine persönlichen Daten meiner Kundinnen herausgeben. Ich habe eine gewisse Diskretion zu wahren. Wenn Sie den Namen erfahren wollen, müssen Sie schon mit einem Durchsuchungsbefehl bei mir auftauchen.“

*

Marla legte auf, bevor er ihr weitere Fragen stellen konnte. Furcht verschloss ihren Mund, bevor ihm Antworten entfleuchen konnten. Denn eines wusste sie besser als Inspektor Neuss. Claudio hatte am Abend von Sarahs Tod frei gehabt. Ihr Instinkt gebot ihr auch jetzt, das Herz schwer von Gram und Kummer, zu lügen. Sie log, weil sie Claudio liebte. Es konnte nicht sein, was nicht sein durfte.
In der untersten Schreibtischschublade bewahrte sie die Zeitungsausschnitte über die Morde auf. Claudios Terminkalender legte sie daneben. Sah so aus, als würde sie heute Überstunden klopfen.

Carola Frenzick Claudio frei
Anita Schneider Claudio frei
Sarah Brunswick Claudio frei
Michelle Myers Termin mit Elo. Aber wie lange hielt er sich auf der Jacht auf? Wo verbrachte er den Rest des Abends?

Dumme Zufälle, nichts weiter. Das bewies gar nichts. Michelle hatte er geliebt. In der Zeit nach ihrem Tod hatte es wiederholt Beschwerden von Kundinnen gegeben, wie wenig Claudio bei der Sache gewesen war. Marla hatte ihm immer beigebracht, private Probleme zuhause zu lassen. Er musste immer ein makelloses Produkt sein. Sie ließ ihn gewähren. Liebeskummer war ihr bekannt. Und vielleicht… ja, bestand die Chance, das sein Herz frei wurde. Dass er sich endlich von Michelle lösen konnte.

Kapitel 3

Endspiel

Juliette war alleine, Jo hatte sie vor einer Stunde im Kinderhort abgeliefert. Vor ihr stand eine Tasse goldbraunen Tees. Sie liebte es, Mutter zu sein, behielt sich aber gerne ein paar freie Stunden am Tag vor, wo sie wieder das Mädchen aus gutem Hause war, dass sich immer brav an die Ratschläge seiner Eltern hielt, nie vom rechten Weg abgekommen war und nie für Geld die Beine gespreizt hatte. Wem machte sie etwas vor? Ihre Brüste waren operativ getuned auf Körbchengröße F (was ihr zu mehr Rollenangeboten verholfen hatte). Sie trug einen engen Minirock und High Heels. Der Fickflimmer war Teil ihrer Garderobe, Teil ihrer selbst. Justin liebte sie in diesen Outfits, er hatte sie so kennen gelernt. Das Weibchenmuster. Sie war selbstbewusst, brauchte aber einen Macho. Eine verrückte Welt, in der wir lebten. Ihr Mann ging arbeiten, sie blieb zuhause und hütete das Kind und den Haushalt. In der Mutterschaft hatte sie Zuflucht gefunden. Der Sturz ins Bürgerliche. Wenn Justin nach Hause kam, stand das Essen wie selbstverständlich auf dem Tisch, sie war glücklich ihn bekochen zu dürfen. Wann immer es die Gelegenheit zuließ, brachte er ihr ein Parfüm oder schöne Anziehsachen mit. Jungs spielen nicht mit Puppen, Männer schon. Immer wieder neu anziehen, die Plastikanatomie befummeln. Ein Spielzeug, mit dem man im Sandkasten von den anderen Jungs bewundernde Blicke erntete. Männer waren kleine Jungen. Vater Mutter Kind. Wie oft hatte Juliette das als kleines Mädchen gespielt, wie viel anders war es doch in der Realität. Es schellte an der Tür. Jemand legte eine Vormittagspause ein, um ihr auch gleich stürmisch um den Hals zu fallen.

„Ist Jo im Kindergarten?"

„Ja mein Schatz."

„Dann las uns keine Zeit verlieren, ich muss gleich weiter."

In seinen starken Armen trug er sie über die Schwelle der Schlafzimmertür. Sie versanken in einen Taumel der Leidenschaft, der leider jedoch nur von kurzer Dauer war. Das Kondom spülte Juliette die Toilette hinunter, sie wollte kein weiteres Kind, ihre Familienplanung war abgeschlossen.

„Ich liebe dich mein Engel."
Ein alter Pornokomparse verließ das Haus.

*

Justin machte den Großeinkauf. Einmal im Monat war es seine Pflicht, er fuhr mit seinem Sohn auf dem Kindersitz zum Hanseatencenter. Jo pfiff die Melodie der Earth Control, einer Vormittagsserie für Kinder auf RTL2. Für ihn war die Welt in Ordnung. Er drehte eine Plastikpistole in seinen Händen hin und her. Einkaufen war sein größtes Abenteuer. Durch die Metallgitterquadrate des Einkaufswagens betrachtete Jo die Konsumentenwelt. Immer wieder sah er Produkte in seiner Hemisphäre schimmern, die er neugierig in den Wagen schaufelte. Justin legte sie gelegentlich in die Regale zurück, Jo kommentierte dies mit lautem Krakeelen. Einkaufen mit einem Vierjährigen im Schlepptau war eine anstrengende Tätigkeit. Er liebte seinen Sohn, und er wusste an der Kasse, da würde er ihm einen Schokoriegel aus der Impulsware nicht abschlagen können.
Juliette würde heute den ganzen Nachmittag im Schönheitssalon zubringen. Strähnchen auffrischen. Peelingmasken, Massagen und grüner Tee. Davor hatte sie ihm eine genaue Liste geschrieben, was er alles kaufen sollte. Danach würde er mit seinem Sohn eine Pizza essen gehen.
Die Schlange an der Kasse war wieder ewig. Justin studierte die Rücken der Menschen vor ihm. Manchmal bist du alleine unter Rücken, du siehst keine Gesichter. Wie im Pornofilm. Rücken und Rüden. Justin wurde von einer nervösen Unruhe befallen. Erste kalte Schweißperlen bildeten sich auf seiner Stirn. Er fühlte sich unwohl. Alleingelassen und verraten. Irritiert zog er das Einstecktuch aus seinem Sakko und tupfte sich die Stirn. Dann war er an der Reihe, er verstaute die Waren im Einkaufskorb, während seine Finger gedankenverloren über die Pampelmusen strichen. Beleuchter rückten die Spots näher auf ihn, Blitzlichter blendeten seine Augen. Schnell lokalisierte er sie als Reflektionen der Nachmittagssonne in den gläsernen Schiebetüren im Eingangsbereich. Aber die Unruhe wich nicht.

Sein Toyota Carpenter stand am äußeren Rand des Parkplatzes. Um die Uhrzeit gab es einfach keine guten Parkplätze. Er hob Jo aus dem Einkaufswagen und setzte ihn auf dem Asphalt wieder ab.

„Du bleibst brav hier stehen, während Papa die Sachen verräumt."

Jo gluckste und setzte sich hin.

„Oh du kleiner Racker, du wirst dir die Hose dreckig machen."

Justin räumte zuerst die großen Sachen in den Kofferraum. Dann machte er sich daran, die Kartons mit Frühstücksflocken auf dem Rücksitz zu verstauen. Als er sich umdrehte, sah er, wie Jo auf die Straße lief. Das Plakat des neuen Disneys-Kinofilms Hotchkins auf der anderen Straßenseite hatte dessen Aufmerksamkeit geweckt. Es zeigte den Helden der Geschichte, den gleichnamigen schlappohrigen Hund. Jos Aufmerksamkeit wurde von diesem Bild eingefangen, der Kleine schaute weder nach links noch nach rechts.

*

Jakob Schanzenberg war ein einfacher Hafenarbeiter. Mit Ende vierzig hatte er schon einen Großteil seiner einst voluminösen Haarpracht eingebüßt. Wenn man ihn fragte, gab er seiner Exfrau die Schuld am Verlust seiner Haare. Das dämliche Miststück hatte ihn Nerven und seine besten Jahre gekostet. Sie lebte jetzt von der Sozialhilfe und seinen Unterhaltszahlungen. Seit der Scheidung hatte sich Jakob ziemlich gehen lassen. Er hatte das Biertrinken wieder aufgenommen und satte dreißig Kilo zugenommen. Die Wohnung, in der er alleine wohnte, bedurfte schon lange einer Grundreinigung. Der Wohnzimmertisch war unter dem Berg von Pizzaresten und leeren Bierflaschen kaum noch auszumachen. In der Küche schimmelte das dreckige Geschirr vor sich hin. Fliegen summten über dem Biomüll. Ein gelber Rand umsäumte die Kloschüssel. Seit der Scheidung hatte keine Frau die Wohnung mehr betreten. Frauke hatte alle ihre Sachen inklusive der gemeinsamen Tochter mitgenommen. An diesem Morgen schwappte seine übliche Spezialmischung in der Thermoskanne, Kaffee und Korn. Nur ein organisierter Alkoholiker war ein guter Alkoholiker. So kam er ganz gut über den Tag. Mittags trank er zwischendurch ein paar Bier mit den Kollegen, das fiel nicht auf. In seiner Hosentasche kullerte eine bis zur Unkenntlichkeit zerknitterte Packung Fisherman's friend. Allzeit bereit. Unter Kollegen fiel sein Alkoholkonsum nicht auf. Die meisten tranken selbst. Ging ihm mal der frische Atem aus, konnte er sich bei ihnen problemlos mit Rachengold aushelfen. Den Feierabend verbrachte er meistens vor dem Fernseher. Am besten gefielen ihm dabei Zeichentrickfilme. So schweifte sein Auge nun vom fließenden Verkehr ab, er sah den kleinen Jo erst, als dieser über seine Kühlerhaube flog.

*

Mit einem Schlag war die Farbe aus der Welt gewichen. Justin sah, wie der kleine Körper durch die Luft geschleudert wurde, über das Wagendach rollte und einige Meter später hart zu liegen kam. Der VW Manila kam mit quietschenden Reifen nun endlich zum stehen. Die Fahrbahn war blutig, in der Welt ohne Farben wurde rot mit schwarz übersetzt. Justins Beine verwandelten sich in zähe Melasse, wie in einem bösen Traum verlangsamte sich alles. Die Details traten einzeln hervor, brannten sich in sein Hirn ein: Der Mann im grauen Anzug, der über sein Handy einen Krankenwagen rief. Die Schaulustigen, die sich um sie herum scharten. Der fette Mann, der sich mit schuldbewusstem Gesicht aus dem Wagen quälte. Der Arsch stammelte, um sich eine würzige Wolke aus Doppelkorn. Justin schlug ihn nieder. Kein Passant griff ein. Dann wendete er sich seinem Sohn zu, wagte es nicht, ihn in die Arme zu nehmen, aus Angst, seine Halswirbelsäule könnte geschädigt sein. Er setzte sich einfach neben ihn auf die Straße, hielt seine Hand und wartete auf die Sirenen des Krankenwagens.

*

Justin wanderte nervös den Gang auf und ab. Jo lag nun seit drei Stunden auf dem Operationstisch, und bisher war noch kein Arzt an ihn herangetreten, um ihn über den Zustand seines Sohnes zu informieren. Die Geister der hier gestorbenen zogen an ihm vorbei, in Lumpen gehüllt. Sie berührten den Boden nicht. Die Neonröhren flackerten, Lichtreflexe wie Motten über die hellgelben Kachelwände. Seine Ellenbeuge pochte wie ein fauler Zahn. Für das Überleben seines Sohnes hatte er Blut gespendet. Er wollte rauchen, er musste rauchen! Aber er war wie festgeklebt, kam nicht von der Stelle. Seine neue Aufgabe bestand im Warten (*Ich halte hier keine Totenwache, verdammt noch mal!*), sein Horizont das Ende des Linoleumbelages, dort wo die weißen Schwingtüren eine Küche, einen Schlachthof oder einen OP vermuten ließen. Wir leben im einundzwanzigsten Jahrhundert, wo die Humanität der Krankenhäuser in Form von Musikberieselung die Nerven beruhigt. Riesel riesel. Überhaupt- kein Platz in dieser Welt, wo es still war, wo man wirklich alleine sein konnte.

*

In einer Villa in Altona. Das Badezimmer war von aromatischen Dampfwolken erfüllt. Marla lag in einer altmodischen Wanne mit Klauenfüßen, es zählte nicht die Technik sondern die Ästhetik. Es war ein langer Tag gewesen und sie brauchte Zeit zum Nachdenken. Claudio… sie kannte ihn besser als er sich selbst. Er war ihr Zögling gewesen, ein Rohdiamant, der geschliffen werden musste. Als sie ihn aufgelesen hatte, war er ein einfacher kleiner Stricher gewesen. Sie kannte die Nutten der Stadt, und auch Casanovas frühe Streifzüge am Bahnhof waren ihr nicht entgangen. Er hatte sich hochgebumst. Diana hatte sie damals auf ihn aufmerksam gemacht. Sie erzählte ihr von diesem Neuen, der ihren Hengsten die Kunden abspenstig machte. Wie Claudio sich immer geschickter anstellte, wie er inserierte und sich eine Stammkundschaft aufbaute. Wer war der Callboy, von dem die ganze Stadt sprach? Und wieso arbeitete er nicht für die Agentur? Als Marla ihn getestet hatte, war sie angenehm

134

überrascht gewesen. Er kannte all die geheimen Windungen ihres Körpers. Er brachte in ihr etwas zum Schwingen, was lange keine Mann mehr bei Marla geschafft hatte. Sie verstand gut, warum er auf dem Markt Höchstpreise erzielte. Er musste ihr gehören. Sie schaffte es, ihn in ihre Agentur einzubinden. An Selbstbewusstsein mangelte es ihm nicht, im Grunde genommen war er ein selbstverliebter Gockel ohne einen vernünftigen Modegeschmack. Damals griff er bestimmt einfach so in den Schrank rein und zog etwas an, was ihm bequem erschien.
Diese Zeit des Müßiggangs war nun vorbei. Darum hatte sie ihn an der Hand gepackt und in die Bekleidungsgeschäfte gezerrt.

*

„Marla, das ist doch gar nicht nötig. Ich sehe gut aus, wie ich bin.“
„Papperlapapp. Du kannst nicht immer Jeans tragen. Mit jetzt.“
„Wieso nicht? Bisher hat sich keine Kundin beschwert.“
„Dann hattest du mehr Glück als Verstand. Halte deine süße kleine Schnute die nächste Stunde einfach geschlossen und hör mir aufmerksam zu. Du bist ein Amateur.“
„Marla, ich denke wirklich nicht, dass-“
„Schweig. Du wirst mit einer anderen Käuferschicht verkehren als bisher. Dafür benötigst du einen professionelleren Look und ein entsprechendes Gehabe. Wir fangen mit deiner Garderobe an. Chantal!“
Die Abteilungsleiterin von Hugo Boss Hamburg eilte herbei, mit der üblichen Hektik wedelte sie mit einem schwarzen Klemmbrett.
„Hallo Marla.“
Küsschen links, Küsschen rechts.
„Was hast du mir denn für einen feinen Herren dabei? Magst du ihn mir denn nicht vorstellen?“
„Chantal, das ist der werte Claudio Savese, Claudio, das ist Chantal Trappiste.“
„Enchanté, Monsieur. Womit kann ich Ihnen dienen?“

„Herr Savese braucht eine komplette Garderobe, von oben bis unten. Ich dachte dabei an mindestens fünf Outfits für mittlere bis gehobene gesellschaftliche Anlässe."
„Oh. Dann wollen wir mal keine Zeit verlieren, nicht wahr? Sie tragen bestimmt Größe zweiundfünfzig, junger Mann?"
„Gut geraten."
Chantal hustete ein verhaltenes Lachen heraus.
„Sehen Sie? Ich irre mich selten."
Claudio nahm auf der gepolsterten Wartebank für gutbetuchte Kunden Platz und sprang bereitwillig auf den Espresso an, den ihm Chantals Assistentin servierte. Er wartete einfach, welche Teile sie ihm zusammenstellen würden. Chantal rollte einen Kleiderständer mit einer Auswahl von Anzügen an.
„Fangen wir mit dem Leinenanzug in beiger Streifenoptik an."
Claudio nahm ihn ihr aus der Hand und wackelte in Richtung Umkleidekabinen.
„Ich bin soweit. Wie gefällt es euch?"
„Nicht schlecht. Drehst du dich einmal?"
Claudio drehte sich. Schneller als er Einwände erheben konnte, spürte er Marlas Hand im Schritt.
„Sitzt ganz gut. Zu eng ist auch nicht gut. Auch wenn ich Wert darauf lege, das der Schnitt der Hose seinen Apfelhintern betont."
Claudio versank vor Scham schier im Erdboden. Ihm war klar, dass er die Straße der Demütigungen noch lange nicht passiert hatte. Marla war seine Chefin, er hatte sich zu fügen. Am Ende verließen sie das Geschäft mit sechs Anzügen, zehn Hemden, einem leichten und einem Wintermantel, einem mitternachtsblauen Smoking nebst Kummerbund, sowie fünf Paar Schuhen mit Ledersohle, die er so sehr hasste, weil sie keinen festen Griff garantierte. Mit Produkten der industriellen Massenfertigung wäre er glücklicher gewesen.
„Ich baue ein Produkt auf, was sich gut verkaufen soll. Dich, mein Lieber. So solltest du dich selbst verstehen. Frage dich stets, was die Kunden erwarten. Nur so kannst du ihre Phantasien hundertprozentig befriedigen."

*

Die Natürlichkeit starb als Erstes. Eine einfache Logik, die für jeden Hengst galt, die sie ins Rennen geschickt hatte. Wie sie wohl drauf waren in ihrer Freizeit? Wenn sie mit ihnen sprach, glichen sie aalglatten Produkten, erweckten Begierde und wussten sie zu stillen. Im Laufe der Jahre hatte sich der Charakter ihrer rein geschäftlichen Beziehung verändert. Sie begann Eifersucht für Claudio zu verspüren, wenn er eine Kundin besuchen ging. Die spröde Marla, die immer alles unter Kontrolle hatte, brach mit einem ihrer Grundsätze: Verliebe dich nie in einen Callboy. Anfangs hatte sie dagegen angekämpft. War gewohnt ruppig und kalt zu ihm. Tief in ihrem Innern litt sie, schloss sich heulend auf der Toilette ein, wenn sie ihn wieder einmal zu einer Orgie geschickt hatte. Indem sie es mitgestaltete, nahm sie teil an seinem Leben. Sie wünschte, ihr wäre diese Macht nie gegeben worden. Vor allem in letzter Zeit, wo Sie sein einziger Schutz war und er es noch nicht einmal wusste.

Sie entstieg der Badewanne, trocknete sich ab und warf sich in Bademantel und Pantoffeln. Sie stellte den Aschenbecher ans Telefon und wählte seine Nummer. Während sie sich eine Zigarette anzündete dachte sie *Ich liebe dich Großer. Bitte, lass mich endlich ehrlich zu dir sein.*

*

Der Arzt kam auf Justin zu, das Gesicht eine leere Leinwand bar jeder Emotion. In diesem Metier zeigte man keine Emotionen, man löste sie aus.

„Sind Sie Herr Danikken?"

„Ich muss Ihnen bedauerlicherweise mitteilen, dass ihr Sohn um 20.39 Uhr verstorben ist. Wir haben alles in unserer Macht stehende getan, aber der Blutverlust war zu hoch."

„Trotz meiner Spende…?"

„Diese hat uns leider nicht weitergeholfen. Die DNA-Spins zwischen ihrem Sohn und Ihnen sind völlig verschieden. Anders ausgedrückt, Sie sind als biologischer Vater ausgeschlossen."

„Aber… aber-"

„Es tut mir aufrichtig leid. Wenn ich sonst etwas für Sie tun kann, geben Sie mir Bescheid."

„Nein Danke. Ich muss jetzt nach Hause. Meine Frau braucht mich."

Als Justin den Haupteingang erreichte, trat er die Tür auf. Der pneumatische Druckbehälter des automatischen Öffners platzte, die Tür klappte kraftlos zurück. Die Empfangsdame sprang auf und rief ihm hinterher. Der Gang des jungen Mannes war ruhig, aber zielstrebig. Sie sah, dass er etwas vorhatte. Wenn sie gewusst hätte was, hätte sie die Polizei angerufen. So setzte sie sich eine Tasse Tee auf. Die Nachtschicht hatte begonnen und Schwester Gertrud machte sich Sorgen.

*

In Claudios Wohnung klingelte das Telefon. Er war auf dem Sofa eingeschlafen.

„Hallo?"

„Hi Claudio. Ich bin's, Marla."

„Was willst du? Ich wollte gerade ins Bett gehen."

„Mit dir reden. Ich weiß, es ist schon spät, aber würdest du mir diesen Gefallen tun?"

„Marla, können wir das nicht morgen bereden?"

„Bitte, Claudio. Heute Abend."

„Na gut. Ich komme vorbei."

*

Zur gleichen Zeit erreichte im Süden der Stadt ein kleiner Hausstreit ein hässliches Niveau.

„Was glaubst du, wie blöde ich vor dem Arzt dastand? Wie der letzte Depp!"

„Justin, ich habe es auch nicht gewusst."

„Jetzt ist er tot. Unsere kleine Familie ist kaputt. Zerstört durch dich! Hast du mit anderen Männern geschlafen?"

„Bitte, du weißt es gibt nur dich…"

„Stimmt. Und wen gab es vor mir? Das heißt: Du wurdest zu einem Zeitpunkt schwanger, wo wir schon ein Paar waren."

138

„Wir haben damals beide Sexfilme gedreht. Und ich habe die Pille abgesetzt."
„Also kommen dutzende von Drehpartnern in Frage?"
Juliette geriet ins Stocken.
„Äh-ja."
„Das glaube ich einfach nicht."
„Zu der Zeit drehten wir die „Deep desire"-Reihe. Da habe ich nur mit dir und Claudio geschlafen."
„Also kommt nur Claudio als möglicher Vater in Frage. Es sei denn, du hast noch mit weiteren Männern gefickt."
„Justin, bitte-"
„Für wie dumm hältst du mich? Ich habe die SMS auf deinem Handy gelesen. Ich weiß doch, dass du Liebhaber hast!"
„Das sind nur gute Freunde, glaube mir."
„Gute Freunde die in ach-so-romantischen Sonetten Praktiken beschreiben, die du nie in den Filmen so umgesetzt hast, sondern immer nur privat?"
„Okay, es reicht! Ich gebe es zu, ich habe dich betrogen! Wenn du auf Arbeit warst und der Kleine im Kindergarten, da rappelte es in der Kiste!"
„Du verdammte Schlampe!"
Justin stürzte sich auf Juliette, er drückte ihr den Hals zu und schlug ihren Kopf wieder und wieder auf das Eichenparkett. Als sich eine Blutlache ausbreitete, die langsam von den Holzporen aufgesaugt wurde, grinste er.
„Nun zu dir, Claudio."

*

Claudio ging an seinen Kleiderschrank, zog den grünen Anzug heraus. Dabei glitt ihm eine Seidenkrawatte zu Boden. Einmal in der Unordnung am Grund des Schrankes versunken, fand er sie nicht wieder. Und damit verlässt Claudios Hahnentrittkrawatte unsere Geschichte. Denn er würde nicht mehr so schnell in seine Wohnung zurückkehren. Zerstreut befingerte er eine Getränkerechnung, die ihm beim Wühlen in die Hände gefallen war. Darauf waren mehrere Martinis vermerkt. Ganz oben prangte das Logo des Hotel Hilti in New Palenque, versehen mit dem Datum von Michelles Tod. An diesem Tag hatte er das Plaza nicht verlassen, dessen war er sich absolut sicher. Dennoch war die Rechnung aus seiner Jackentasche gefallen. Oder hatte David sie vergessen, als er seinen Anzug klaute? Plötzlich wollte er mit Marla reden, dem alten Raubein, was trotzdem die besten Ratschläge in der ganzen Stadt hatte, die man für Geld kriegen konnte. Letzten Endes kostete jeder Gefallen Marlas etwas. Nicht immer war es Geld. Sie war so viele Jahre im Geschäft, das er nicht jedes ihrer Geschäfte kannte (glücklicherweise).

In dem Moment, wo er die Tür öffnete und auf die Straße trat, bekam er den ersten Schlag ab. Er wirbelte herum und konnte gerade noch dem nächsten Hieb ausweichen. In der Dunkelheit der Einfahrt konnte Claudio seinen Angreifer nicht ausmachen. Mit tänzerischer Anmut wich er den Attacken aus, trat mit dem Bein aus und brachte den Fremden zu Sturz. Vorsichtig trat er heran, schnippte sein Feuerzeug an.

„Oh Justin, warum?"

Justin antwortete nicht. Beim Aufprall auf die Bordsteinkante hatte er einen Schädelbasisbruch erlitten.

Claudio fuhr zu Marla. Er ließ brennende Brücken hinter sich.

*

Neuss hatte mit Frau Stadehorst gesprochen. Sie wollte ihn unbedingt dabeihaben. In ihrer Stimme schwang Furcht mit. Als wüsste sie mehr, als sie zugeben wollte. Wenn eine Geschäftsfrau wie Marla Furcht verspürte, mochte das was heißen. Claudio würde heute Abend in ihrer Villa auftauchen. Es gab von ihrer Seite aus keinen Grund, warum sie ihn der Polizei hätte ausliefern sollen. Gegen ihn lag kein erwiesenes Verdachtsmoment vor. Wie auch: es waren Fingerabdrücke gefunden worden, aber nie an der Kehle des Opfers, nie an einer Tatwaffe. Obwohl dies Nichts beweisen musste, jeder halbwegs intelligente Verbrecher benutzte heutzutage Gummihandschuhe. Dennoch: der Tod an ihrer Tochter hatte Frau Stadehorst keinesfalls kalt gelassen. Insofern erwartete sich Inspektor Neuss viel von ihrem Anruf. Ohne wirklich zu glauben, dass sie ihn zurückrufen würde, hatte er ihr seine Visitenkarte mitgegeben. Um genau zu sein, war er davon

140

überzeugt gewesen, dass sie die Karte umgehend in den nächsten Papierkorb werfen würde.

*

Der Garten von Marlas Villa war von elektronischen Fackeln gespickt, die bei Cocktailpartys ein freundliches Licht versprühten. Diesmal waren es Augen, ein gieriges Meer kleiner Augen, die jeden seiner Schritte verfolgten. Der Sommerabend kühlte allmählich ab, morgen früh würde Tau auf den Spinnennetzen in ihrem Gartenschuppen liegen. Der Herbst hielt Einzug. Claudio fand die Eingangstür einen Spalt geöffnet vor. Er trat herein und ließ sie hinter sich ins Schloss fallen. Es rührte sich kein Mucks, als er nach Marla rief. Die indirekte Wandbeleuchtung wies ihm den Weg nach oben zu ihrem Büro. Er öffnete die letzte Tür, und da saß Marla auf ihrem Bürostuhl.

„Ich habe dich erwartet, mein Großer."

„Was willst du, Marla?"

„Du bist auf dem Holzweg. Die Frage lautet: Was willst du von mir? Liest du gelegentlich das Hamburger Abendblatt?"

„Offensichtlich nicht. Wieso?"

„Weil die Ehefrau unsere Bürgermeisters ermordet aufgefunden wurde."

„Ob du es glaubst oder nicht: die Neuigkeit hat sich schon bis zu mir durchgeratscht. Sie war eine meiner Stammkundinnen."

„Richtig. Zum Glück steht nichts in den Klatschblättern davon, dass sie öfters auf die Dienste unserer Agentur zurückgegriffen hatte. Ich habe auch einen Ruf zu verlieren und ich möchte nicht, dass die Presse den Namen der Agentur in den Schmutz zieht."

„Du weißt doch, welche Verleger du schmieren musst."

„Das tut Nichts zur Sache. Entscheidend ist, dass mich der ermittelnde Inspektor angerufen hat. Du stehst unter Verdacht, Claudio."

„Wieso ich?"

„Weil deine Fingerspuren am Tatort gefunden worden sind."

141

„Ja und? Ich war oft im Anwesen der Frenzicks anwesend, da
wäre es gut möglich, wenn meine Fingerabdrücke im Haus
sind. Wahrscheinlich hat der alte Frenzick sie sogar selbst
umgelegt, wer weiß? Wo die Liebe endet, beginnt der Hass.
Und kaputt war ihre Ehe schon lange. Ich weiß es wohl besser
als manch anderer.“
„Du verstehst den Ernst der Lage nicht. Du hast für den
Abend kein Alibi.“
„Oh.“
„Seit gestern stehst du alleine da. Ich bin nicht mehr bereit,
dich länger zu decken. Ich habe Sarahs Leiche identifizieren
müssen.“
Claudio zuckte zusammen.
„Was ist mit ihr passiert?“
„Das weißt du bestimmt besser als ich.“

*

Plötzlich ergab alles einen Sinn. Erinnerungen an Erlebnisse
fügten sich in seinem Kopf zusammen, fanden an ihre
ursprünglichen Plätze zurück. Er näherte sich einer Frau, die
auf dem Balkon stand, in einen Bademantel gekleidet, und
hinaus sah in das Lichtermeer aus Sternen und dem Neon
der Metropole. Vielleicht erinnerte es sie an die Leuchtdioden
ihrer Schlafzimmerdecke. Damals, als sie glücklich war. In
der Fremde brauchte sie immer ein kleines Bisschen länger,
bis sie einschlief. Er hatte ihr versprochen, über Nacht zu
bleiben. Ihr erstes Treffen nach all den Jahren hatte in einen
riesengroßen Streit gemündet. Um ihr Gemüt an der frischen
Luft abzukühlen war sie nach draußen gegangen. Claudio war
von hinten an sie herangetreten, hatte sie an den Knöcheln
hochgerissen und über die Brüstung gekippt. Im einen
Moment stand sie noch da, im nächsten war sie schon in der
Luft. Einer ihrer hochhackigen Pumps löste sich. Das Ende
aller Träume. Mehr Erinnerungen kamen hoch, wie
Luftbläschen in Champagner. Was lange mit dem Ertrinken
kämpfte, schlug nun an der Wasseroberfläche um sich, um
nicht unterzugehen oder Wasser einzuatmen, was bedeutete:
den schwarzen Tod.

Aus einer verwirrten geplagten Seele wurden endlich zwei klare Geister, die sie immer gewesen waren. Claudios linke Hand fuhr zum Hals hoch und würgte ihn. Die rechte zerrte sie weg.

*

Im Parterre brannten keine Lichter. Neuss bemerkte die große Freitreppe erst, als er mit dem Fuß dagegen stieß. Allmählich gewöhnten sich seine Augen an die Dunkelheit. Er ahnte die Bilder an den Wänden. Zum Glück auch die Stufen. Lautlos schlich er sich hoch. Eine List, die man ihm einst vor dreißig Jahren in der Polizeifachhochschule Münster beigebracht hatte. Er war immer einer der Besten in seiner Klasse gewesen. Im Anpirschen hatte er auch Klaussen geschlagen, einen abenteuerliebenden Jungspund, der nebenbei durch eine überzogene Selbsteinschätzung glänzte. Neuss wusste nicht, was ihn oben erwartete. Am Ende der Galerie sah er Licht. Er wusste nicht, dass es sich dabei um Marlas Arbeitszimmer handelte, aber er hielt darauf zu. Er durfte nur nicht unvorsichtig sein. Er entsicherte seine Dienstwaffe. Oben im Flur hörte er Stimmen. Oder vielmehr eine Stimme. Manfred Neuss wurde Zeuge eines bizarren Selbstgespräches.

*

Gnädigerweise waren Marlas Augen geschlossen. Ihr Kopf lag auf dem Schreibtisch, ein Rinnsal Blut tropfte auf den mausgrauen Teppichboden. Plik Plik Plik. Aus dem Aquarium mit den farbenfrohen Tiefseefischen ragten zwei Arme raus. Die Beine räkelten sich einzeln auf dem Besuchersofa. Ihr Torso lag in der Ecke, auf der Wand darüber prangte ein großer roter Fleck, der an einen Rohrschachtest erinnerte. Sie war mit großer Wucht gegen die Wand geschleudert worden, bevor sie auf dem Boden zur Ruhe kam.
Claudio betrachtete seine Hände, an denen Blut klebte. Er winselte wie ein kleiner Hund, fuhr sich verzweifelt durch die Haare, hinterließ dabei rote Strähnen ohne es zu bemerken. So stand er eine Weile da.

Mit einem Ruck setzte er sich in Bewegung, marschierte geradewegs in Marlas Badezimmer und stellte sich vor den Spiegel.

„Komm schon, du Drecksstück… du warst die ganze Zeit in mir…zeige dich…"

Das Spiegelbild veränderte sich. Ein zynisches Lächeln umspielte die Mundwinkel. Die Stimme die ihm antwortete war der seinen sehr ähnlich, bloß eine Tonlage tiefer. Sie klang rauer, erfahrener.

„Hallo Claudio. Endlich stehen wir uns Auge in Auge gegenüber. Ich habe lange auf diesen Augenblick gewartet."

„Was bist du?"

„Ich bin deine Gerechtigkeit. Eine weitere Ausdrucksform. Ich übernehme die ganze Dreckarbeit für dich."

„Du mordest in meinem Namen."

„Oh, was bist du undankbar."

„Was hat dir Marla angetan?"

„Frage dich lieber, was sie uns angetan hat. Sie hat uns gedeckt, weil sie uns liebte. Aber ihr waren die Hände gebunden. Sie wäre zusammengebrochen, wenn die Polizei ihr lange zugesetzt hätte. Ich habe uns geschützt. Hättest du ihr Lebensgefährte werden wollen? Nun, ich nicht. Aber einen anderen Ausweg hätte es nicht gegeben."

„Wenn du es nicht soweit hättest kommen lassen. Du lügst mir dreist ins Gesicht und du lügst dir in die eigene Tasche. Ich hatte mein Leben gewählt. Du hast meine Zukunft ausgelöscht."

„Nein, deine besten Pläne hast du selbst hingeschmissen. Du wärst ein gutes Model gewesen. Unter Wert hast du dich verkauft. Deinen Körper entehrt. Ich habe lediglich unsere Ehre wiederhergestellt.

„Du hast meine Vergangenheit ausgelöscht. Michelle ist tot."

„Wer meinst du, gab Michelle das Geld? Damit sie eine Beziehung mit dir eingeht?"

„Das glaube ich einfach nicht!"

„Ich war großzügig. Gab dir eine Chance, dein Leben zu ändern. Sie hätte dich auf den rechten Weg lenken sollen. Du hast es versaut, mein Lieber. Und danach? Wärst du fähig gewesen, dir nach Michelle eine neue Existenz aufzubauen?

144

Gebrochene Herzen heilt man am besten durch eine Amputation."
„Du Bestie!"
„Weißt du, in diesem Körper ist nur Platz für eine Person. Meine Geduld mit dir ist am Ende. Nun ist es an der Zeit, dass ich das Ruder herumreiße."
Der Kampf fand nur in seinem/ihrem Kopf statt. Während Claudio sich vehement wehrte, verblasste Davids Bild im Spiegel. Er wagte den Sprung nach vorne. In Claudio. Nicht jeder Bruder meint es gut mit dir. Claudio kippte, von der Wucht getroffen, nach hinten. Lange Zeit ging keine Bewegung von dem Körper am Boden aus. Dann erhob er sich. Der Spiegel zeigte nurmehr eine Reflektion. Die Augen in diesem Gesicht waren nicht mehr mandelbraun, wie sie es in den letzten zweiunddreißig Jahren gewesen waren. Sie schimmerten dunkelblau wie der Horizont an einem Augustabend kurz vor einem Gewitter.

*

David war allein. Tief, ganz tief in seinem Gehirn hörte er Claudios letzten Schrei. Dann Stille. Claudio war weg. Seine Zeit vorbei. Er würde- *Marlas sterbliche Überreste wegräumen müssen.* Eine neue Kraft fuhr durch seinen Körper. Er kostete die neugewonnene Freiheit in vollen Zügen. Im Spiegel sah er das hellerleuchtete Badezimmer. Und wie sich die Tür langsam aufschob. David fuhr herum, griff in die Tasche seines Jacketts nach der Pistole, von deren Existenz Claudio nichts geahnt hatte. Neuss hatte das Klicken der Waffe gehört, und sah nur noch eine Möglichkeit: er trat die Tür auf. Die Schüsse hallten dumpf in Marlas Badezimmer. Neuss spürte den Luftzug der Kugel, die dicht an seinem Ohr vorbeisauste und die Kacheln hinter ihm in einer Wolke aus Staub und Mörtel aufstieben ließ. Zum Glück zielte er besser. Davids Lunge wurde vom ersten Geschoss aus Neuss Pistole durchbohrt, das zweite hinterließ eine blutige Strähne in seiner perfekten Frisur. Die restlichen zertrümmerten den Badezimmerspiegel. Neuss beugte sich

über den Sterbenden. Er blinzelte ungläubig, als sich dessen
Augenfarbe sich von dunkelblau in braun verwandelte.

Geschichten von der schmutzigen Seite des Bettes...

Lügenkarussell

Paula versucht der Routine ihrer langweiligen Ehe zu fliehen!

Erlebnishungrig hangelt sie sich von Affäre zu Affäre. Wie ein gelehriger Hund lernt sie der Fremden neue Spiele. Beißt sich fest in muskulösen Nacken, und streichelt über eine haarige Brust. Paula schreit ihre Lust heraus, wenn zwischen ihren Beinen ein praller Kolben werkelt. Mit jedem neuen Mann rutscht ihre Schamgrenze tiefer. Erst eine ungewollte Schwangerschaft kann ihren Kreuzzug der Lust zügeln. Wie soll sie jetzt noch ihrem Mann unter die Augen treten?

Reden ist silber, ficken ist Gold

Verschiedene Betten mit der gleichen destruktiven Logik. Taxifahrten, leidenschaftlicher Sex & gebrochene Herzen. Dabei erfahren beide Geschlechter im Laufe der Texte eine Wandlung. Aus der kalten Berechnung des Mannes wird die Sehnsucht nach echter Liebe. Die Frau verliert ihre romantischen Illusionen, spielt fortan mit ihrer Beute & benutzt sie.

Mehr über Thomas Reich und seine Bücher findet ihr auf www.der-reich.de oder seinem Blog www.dirtydichter.blogspot.com.